『俳諧　多磨比路飛』

目次

『俳諧多磨比路飛』（玉ひろひ）は、發亳、高陵社中。麦仙城烏岬著。潤時園慶里（序）。雪月堂楽只（漢文序）。四時庵大芝跋。画工、応真齊守美。越中富山砂町　摺彫刀師　荻田藤兵衛・荻田弥三良・荻田幸七・荻田熊次良・補助、文会堂徳兵衛。

『俳諧多磨比路飛』の翻刻にあたって

太田久夫

『俳諧多磨比路飛』の編者麦仙城烏岬は、伊予（愛媛県）の俳人と言われる。烏岬が編者として『国書総目録』によると『勝景集』（安政六）、『たまひろひ』（嘉永七、万延元）、『多磨比路飛』（安政三）、『ちなみぐさ』（弘化二）、『北丹勝景集』（安政四）が記してある。しかし、俳諧関係・文学の事典や『愛媛県百科大事典』には、生没年や経歴の記載はない。

本書は、富山県立図書館のホームページの県内図書館横断検索で調べてみると、富山県内の公共図書館で所蔵しているのは、コピーの館も含め、県立、高岡市立中央、射水市新湊、南砺市立中央及び同井波の五館であり、ほかに富山市郷土博物館も所蔵している。全国的に見ても京都大学谷村文庫、早稲田大学、都立中央図書館加賀文庫、松宇文庫及び村野文庫のみの所蔵である。いわば全国的に見ても貴重書で、いつか本誌に影印版で載せ翻刻したいと思っていた。すでに綿抜豊昭筑波大学教授が富山女子短期大学（現富山短期大学）在職中に解読していただいていたが、昨年、高志の国文学館が開館し、歴史と文学入門講座の講師として同教授が来富されたこともあり、今がよい機会だと思って本誌に掲載することにした。

県立図書館所蔵本には巻頭書名がなく、見返しに『俳諧多磨比路飛』、貼外題には「玉ひろひ　越の部」とある。乾（四八丁）・坤（三八丁）二冊本で、今後何年かに分けて連載したいと思っている。内容は越中各地の名所三十一ヶ所を色刷版画で紹介し、各社中の俳人が詠んだ句が添えられている。名所とされた土地を列挙すると桜馬場・関野の社・椿山古城・二上山・布施湖・辛嶋・鹿子の渡・鹿子神社・鹿子の浦・志那のの浜・奈呉の浦・小杉駅南嚢輪山・倉垣庄哥の森・萩の浦・八重の湊・大岩山日石寺・桜井庄・愛本の橋・小川温泉・泊駅旧地・蜃気楼・杉木河原の社・井波芭蕉堂・砺波山の麓海鳥の森・医王山麓八幡社・六壁庵夕顔塚・蟹が瀬のわたり・新庄桃林・従舟橋臨立山・久礼葉山・月岡の池である。

本書の文末に「文音」として卓丈・大夢・芹舎・有節・梅通・砺山・以足らの句が若干加えられている。

解読にあたっては、綿抜教授はもちろん、大西紀夫富山短期大学教授をはじめ古文書解読に携わっている方々にも協力いただいた。感謝申し上げる次第である。

麦仙城烏岬と『たまひろひ』

大西紀夫

烏岬は伊予（現愛媛県）出身の俳人で吉永氏、播磨屋半兵衛と称し、松山魚町の表具師で骨董商も営んでいた。地元で、弘化二年（一八四五）に『ちなみぐさ』[注1]の編集発刊の後、諸国に行脚・遊歴した。京都の桜井梅室の弟子[注2]となる。嘉永年間には、加賀藩に来遊、金沢から能登に足を運び、輪島の俳人と交流した。地元の岩瀬社中[注3]の発起で絵入り加賀能登の多色摺の絵入り名所発句集『たまひろひ』（俳諧捃玉集）を嘉永七年（一八五四）に刊行。絵師には地元金沢の楳窓軒鳳岳[注4]らを起用した。引き続いて二年後、安政三年に同じ企画で、越中の『たまひろひ』（俳諧多磨比路飛）を発刊した。越中には前年に滞在したようで、前年冬には小杉（現射水市）で、地元の俳壇の雄、藻谷箕山[注5]と両吟歌仙を巻いていることが『箕山俳諧集』（安政二年成立）によって知ることが出来る。

越中では、松浦守美[注6]ら地元の絵師を起用し、各地の名所の絵を描かせ、御当地の俳人達の句を配した豪華な乾坤二冊本を編集刊行する。

さらに安政四年には京都丹後地方の『北丹勝景集』[注7]編集刊行。他に六年刊の『勝景集』もある。このように地方での絵入り名所発句集の成功で勢を得て、都京都の名所を拾い集め、花の本堤梅通等の序文を得て文久元年（一八六一）に『たまひろひ』[注8]（都名処捃玉集）も刊行する。

烏岬の俳諧師としての地位はいかなるものか、京都出版の『花供養』[注9]には、「風客」として、安政四年～七年、文久二年に発句を載せている。同じく京都出版の『四時行』[注10]にもその名が見える。また京都の二条家での俳諧連[注11]歌の興行にも加わっている。もっとも当時の俳諧番付にはその名は見られないものの、そこそこの俳人でもあったようだ。また表具師・骨董商などの商人としての才覚は地方の俳人達をうまく誘って絵入り御当地名所発句集というユニークな企画を実行することには大いに役立ったようだ。おそらくこの出版事業では地元の有力な俳人達からそれなりの入集料を取り刊行されたようだ。江戸後期になって盛んになってきた地方の出版書肆を大いに活用し、地元の著名な絵師の起用も成功した要因だった。

京都での『たまひろひ』には全国の俳人達と大勢の当代京都の絵師達が勢揃いした豪華な二冊本の絵俳書であった。嘉永七年、能登から始まった多色摺の絵入り名所発句集『たまひろひ』の企画は七年後、京都での成功で掉尾を飾ったのである。

【注】

1 **『ちなみぐさ』**（知名美久作）蛸壺烏岬編、鶯居序、弘化二年正月刊。各地の俳人の肖像二〇〇余図（東南画）も載せる。

2 梅室一周忌善集『かれぎく集』の追善俳諧脇起百韻に同座。嘉永五年臘月朔日、東山於双林寺興行。

3 **岩瀬社中** 輪島市野町に石瀬比古神社があり、この神社ゆかりの俳諧連衆を指すか。また、近くには岩瀬の渡しがあり、岩瀬の二体月の名勝であった。「たまひろひ」には「岩瀬秋月」と題してこの二体月の画を載せる。

4 **楳窓軒鳳岳** 金沢の絵師か。加賀・越中の歳旦（俳諧一枚摺）の挿絵を描いてもいる。鳳岳の他に舜耕・雀年・芦洲・碧洞の絵師の名も見える。

5 **藻谷箕山** 通称伊作、聴雨庵とも称する。追善集に『嗚呼こがらし』（大正元年刊）がある。『箕山俳諧集』所収の箕山との両吟の表六句を記す。

安政乙卯初冬興行　俳諧歌仙行　両吟稿

京の夜に寂うつすや鉢たたき　烏岬
物くる声の氷るつち〳〵（辻々）　箕山
押かはす高荷車を手伝ふて　岬
腰にさげたるふくべ重たき　山
来て見れば宿屋の狭き月処　岬
戦ぐすすきに露盈す萩　山
（以下略）

6　松浦守美　応真斎と称す。狩野派の絵師。富山藩主前田利保の絵所預りとなり、嘉永年間に木村立嶽や山下守胤、勝胤らとともに『本草通串証図』の下絵を描いた。幕末に売薬版画の下絵を盛んに描く。歳旦の挿絵を描いたものは二十点確認できる。

7　北丹勝景集　丹後辺の俳人による俳諧撰集。発起藤垣社中。丹後の名所風景を描いた彩色刷挿画入り、春章・鳳山・石田秀嶺・春好・松山・よし隆・蘭窓斎画。後表紙見返刊記「彫工摺物師　楳月堂〈丹後峰山〉姫路屋政次郎／助工番匠　広瀬栄助／製本師　河辺屋庄兵衛」（「西尾市岩瀬文庫／古典籍書誌データベース」による）。

8　たまひろひ　別書名　都名処捃玉集　華渓・文鱗・玉章等画　近江屋又七刊

9　花供養　京都で発刊された芭蕉堂の年刊選集。湖雲堂近江屋利助刊。所収の句は次の通り。

強う来て跡なき風や麻畑　風客　烏岬（安政四年）
舞かげは嵩さへやさし花の上　風客　烏岬（安政五年）
草繭や氷几下も油断なく　風客　烏岬（安政六年）
年禮やわすれても居ぬむかし道　山城　烏岬（安政七年）
譲りあふ小道や花の行戻り　山城　烏岬（文久二年）

所付が安政七年より「風客」から「山城」になっている。京都の住人になったようである。

10　四時行　京都で発刊された桜井梅室編に始まる年刊選集。湖雲堂近江屋利助刊。

山間やどこからうえる田一枚　烏岬（安政二年）
青鷺の立行かたや布施の湖　烏岬（安政三年）
見る人もうき足になる角力かな　烏岬（安政四年）
結ふ側でとくや粽の馳走ぶり　烏岬（万延元年）

11　二条家での俳諧連歌の興行　『二条家俳諧』（富田志津子著）によれば、安政三年八月廿七日と文久二年三月十五日に興行の「御俳諧連歌」の連衆にその名が見える。

【参考資料】

「金毘羅街道が結ぶ俳文化」愛媛県学習センター　データベースえひめの記憶
『伊予の俳諧』星加宗一著　昭和50

『俳諧多磨比路飛』掲載句について

綿抜豊昭

『俳諧多磨比路飛』は、一つには地域の絵を掲載すること、一つには地域に存在した俳諧グループ「連」を構成する俳人名がわかること、という意味で貴重な地域資料である。したがって、太田久夫氏は「絵」がわかるように、上段には原本の写真を、下段に翻刻を載せるという頁構成で、分割ながらも「俳諧多磨比路飛」を紹介されてきた。それが今回、一冊にまとめられることになった。一冊で通覧できることによって、今後、上記の点で、ますますの活用が期待されることはいうまでもない。そして、さらなる活用としては、掲載句を利用することが考えられる。そこで、その一例として、「泊社中」の句をとりあげてみたい。

○

泊駅は、現在の富山県朝日町の中心部にあたり、江戸時代は北陸街道の宿場町として栄え、文化的にも注目すべき地域である。「俳諧多磨比路飛」には「泊社中」の俳人の句が十九句、和歌が一首掲載されている。

最初にあげられた句は

秋風に日南がちなり北の海　碧峰

である。「日南」は「ひなた」と読む。「秋風に」と「に」とあるので、「秋風が吹くために」といった意であろう。秋風が吹くと、北の海（日本海）に太陽が当たり、「日南がち」になる、というでは意味が通じないので、「日南がち」になるのは作者ととりたい。とすると、北の海に近いところに住む自分は、秋風が吹くようになると、温かさを求め日なたを求めがちになるという意であろう。秋になって涼しくなり、すごしやすくなるというのが、俳諧では常識だが、「北の海」を出すことによって、涼しさを通り越して寒い、だから温かさを求めて日なたに行くというのは、地域ならではの句であろう。

すゞしさの限りは知れず有磯海

「涼しさ」は夏の季語である。「有磯海」という歌枕が詠み込まれているだけで地域の句となるが、暑い夏の日に、海風の涼しさを味わうというのは実体験であろう。

初虹や魚の集まる水明かり　寿栄

「虹」は夏の季語だが、「初虹」は春の季語である。「水明かり」は、揺れ動く水面に光が反射することで、そのために明るいこともいう。ここでは魚が集まり、水面が揺れ動き、光が反射するさまである。春の虹のもと、魚が集まって、揺れ動く水のあたりは、光が反射しているととることもできるが、「ニジマス」という魚がいることを視野に入れると、水面で揺れ動く魚の色が、淡くはかない春の虹色のように光っているさまを詠んだとするほうが含みがあってよい。海面か川面かはわからぬが、水も魚も豊かであることを伝えてくれる。

流来る水もたのもし氷室の日　寛陽

氷室は晩夏の季語である。江戸時代、加賀藩内では六月朔日（旧暦）を「氷室の朔日」といっており、右の句の「氷室の日」も六月一日のことであろう。旧暦六月ともなれば氷が解けて、山から流れて来る水も量が増している。また、単に水量が増して力強いから「たのもし」なのではなく、水は農産物に必要なものであることを読み取るべきか。「水も」の「も」は、○○も水も「たのもし」の「も」であるとすると、○○に入る言葉は何であろうか。この点がよくわからない句である。あるいは「たのもし」の「も」と韻をふんだのかもしれない。ところで、現在、七月一日を、金沢では「氷室の日」と称している。また、金沢の氷室の氷は白山山系のものであるが、泊では立山のものであろう。泊では江戸時代にすでに「氷室の日」という言葉が一般に用いられていた可能性を示す句として注目される。

篠高し二百十日も月になる　桐栽

「篠」は篠竹のことであろう。細工物に使用した。竹の子は食用である。それが高く成長するとは、災害にあわず荒らされていないということである。また「二百十日」は立春から数えて二百十日目の日で、江戸時代、農家の厄日とされた。台風襲来の時期だからである。しかし台風が来なかったから、月が出ているのである。泊の農家が何をもって幸せを感じたかの一端がうかがえよう。

　秋の終わりから冬にかけて降る雨を時雨というが、季語としては冬であり、旧暦の十月を「時雨月」といった。時雨を詠んだものに次の二句と一首がある。

たばこのむ烟りの先や初時雨　竹陽
（煙草を飲んだ折にでる煙の立ち上る先をみると初時雨であることがわかった）

戸を明てひと戻りする時雨かな　菊士
（戸外に出たら、屋内では音がしないので気づかなかったが、時雨が降っていたため、いったん家に戻った）

神無月絶ずおとするしぐれにはもらぬ夜半さえ袖は濡ける　義章
（神無月になって、絶えず降る音がする時雨のため、屋根から雨が漏ることはないものの、恋人は訪れず夜一人で過ごすために寂しくて、時雨に濡れたかのように涙で袖は濡れることだ）

以上からは、泊ならではの「時雨」は見いだせない。しかし、「雪」となると

川ひと瀬あからさまなり雪の原　義茅
降雪を透せば見ゆる戸口かな　石香
雪少し降や声はる森の鳥　花精

とあり、一筋の川瀬以外何も見えない雪原のさまや、透かしてみないとちょっと先にある戸まで見えないほどの降雪は、雪の地域をよくあらわしている。最後の句は、鳥の声で自然の変化を想像することが日常的であったことをうかがわせる点で注目される。

手寄よき川の浅みや大根曳　光花

「手寄（たよせ）」は「ついで」の意。「大根曳（だいこんひき）」は、冬に大根を収穫することであるから、引き抜いた大根を洗うのにちょうどよい川の浅さだというのであろう。よくみられた農村風景である。

こがらしと力くらへやわたし守　克明

「木枯らし」は冬の季語である。川の渡し守の進む方向と逆に木枯らしが吹き、吹き流されないように力を入れて舟を漕ぐ様を「力比べ」としたところが技巧である。「手寄よき」「こからしと」ともに川の句だが具体的にはどの川か不明である。しかし、

ながれ行落ばのいろや大井川　長玉

は「大井川」とある。意味は、川上から落ち葉が流れてきて、その色に染まっている大井川（は美しい）といった意だが、「大井川」とはどこの大井川か。「越すに越されぬ大井川」でよく知られた静岡県の大井川を詠んだものをとりあげると思われないので、泊に大井川とよばれる川があった、または越中国内にあったものと思われる。

　植物に関係するものとしては次の三句がある。

そのうへに亦新き落葉かな　松清
（すでに落ちた葉の上に、また新しい落ち葉が降り積もっていることよ）

燻つた家や女房や寒つばき　梅山
輪に曲し蔓や葡萄の冬がまえ　丈軒
（葡萄の蔓を輪にして、その冬がまえをすることだ）
常盤木の暖みをうけて帰花　可堂

どれも泊ならではの句ではないが、梅山の句は現代ならハラスメントになるものの、古家、古女房の燻ぶった色合いと寒椿の花の鮮やかさが見事な対比

であるとともに、女房を出したおかしみがあり、うまい句である。「落葉」「寒椿」「冬がまえ」「帰花（かえりばな）」と冬のものが多く収録されているところに、地域性を感じさせる。最後に鳥の句を二句をあげる。

大池も狭しとさはぐ小鴨かな　　如桂

憎いほど賢きふりやみそさゞゐ　　吟水

如桂の句は、「大池」が具体的にどこかは不明なものの、冬になって渡ってきた鴨がたくさんいるさまを詠んだものである。吟水の句は「みそさゝゐ（鷦鷯）」（冬の季語）のどの点が、憎たらしいほど賢いふりをしているのか、説明不足でわからない。鷦鷯は、巣を巧みに作ることから「たくみどり」とも呼ばれるので、そのことを詠んだものか。

○

以上、「俳諧多磨比路飛」所載の「泊社中」の詠作を読んできた。そこに詠まれることが、「泊」という地域に限られるものか、それとも広域に「越中」、さらに広域に「越中・能登・加賀」に見られるものかは、「泊社中」の詠作だけでは判然としない。しかし、一つ一つの作品を読み、いずれ類題でまとめることによってその特徴が明らかになるものと思われる。かつて稿者は『俳諧白嶺集』で試みたことがあるが、[注]今回、「俳諧多磨比路飛」が一冊にまとめられることによってこうした方法で、地域を調べる契機になることを願うばかりである。

【注】

綿抜豊昭『越中・能登・加賀の原風景―『俳諧白嶺集』を読む―』（二〇一九年、桂書房）

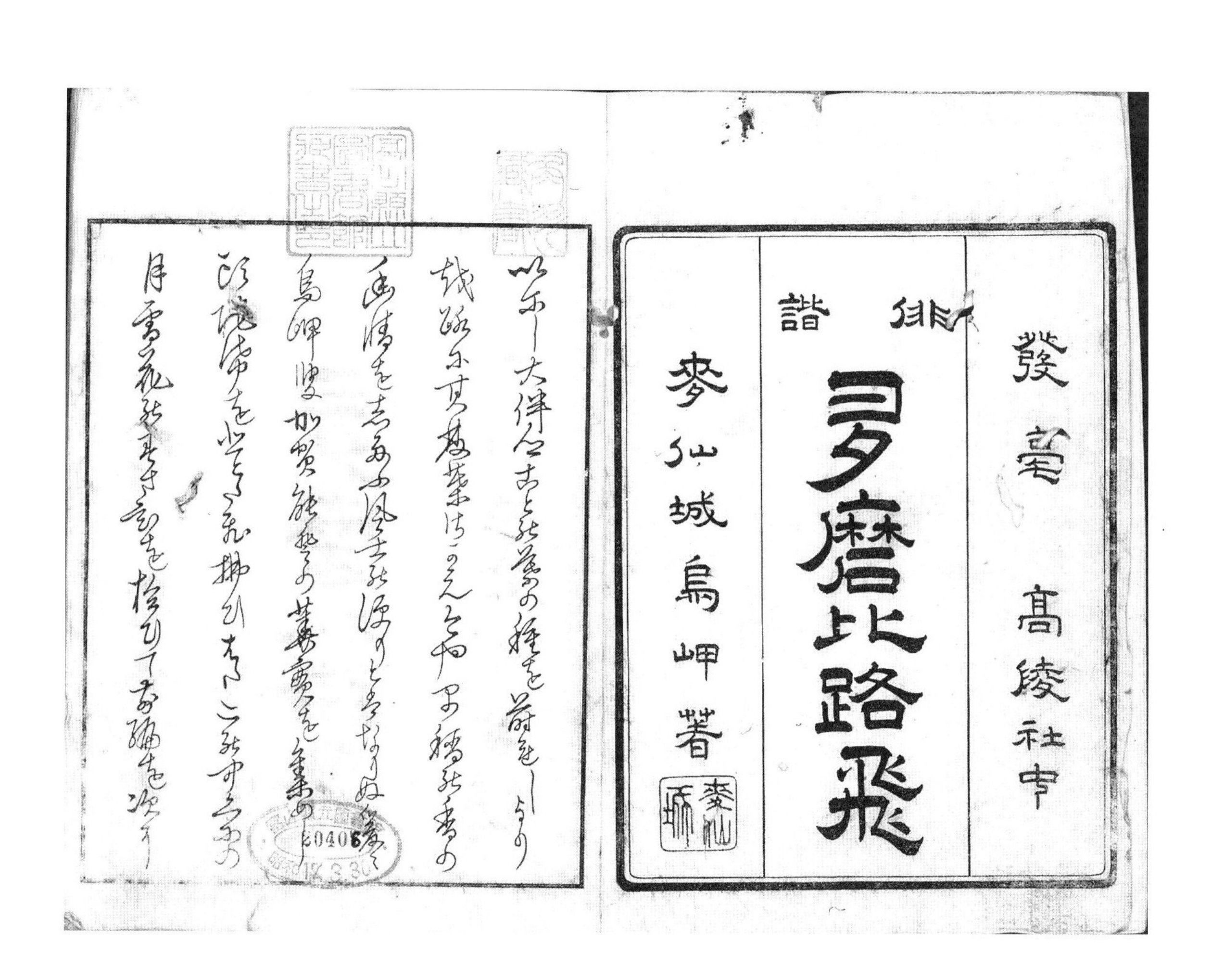

発毫　　高陵社中

俳諧　多磨比路飛

麦仙城烏岬著

麦仙城

いにし大伴卿ことの葉の種を蒔れしより
越路に其枝葉さかえ今や早稲の香の
幽情をしたふ風士の便りとはなりぬ。爰に
烏岬叟加賀能登の華実を集めし
頭陀袋をひとたび払ひ、はた、この中くにの
（国）＝越中
月雪花のすさびを拾ひて前編を次に

たれり。そも戦国の城を連ぬる璧には
あらで致景勝地をつらぬることばの
玉ならん事の有の儘をしるすになむ

丙辰初夏　潤時園慶里

萩之本　里慶

目察穐毫不視輿薪人或曰狂也多
璞玉渾金人或曰瓦石也是非見之
踈心之跡也余於麦仙叟所纂実有
感於茲矣以英邁之資釣諸彦之心
蹟精選風韻固非心之跡者也況越
之広莫也俾璞玉渾金遼然干指掌
之間非此叟誰也由是観之所題掲
玉字実不負其所言矣加之随候龍

輔之明珠固勿論他日使人人窺崑
崙之一斑豈誇誕哉今也徴序余余
雖譾劣稱揚叟之萬一且當諸君之
一噱云
安政三丙辰之夏
雪月堂樂只識

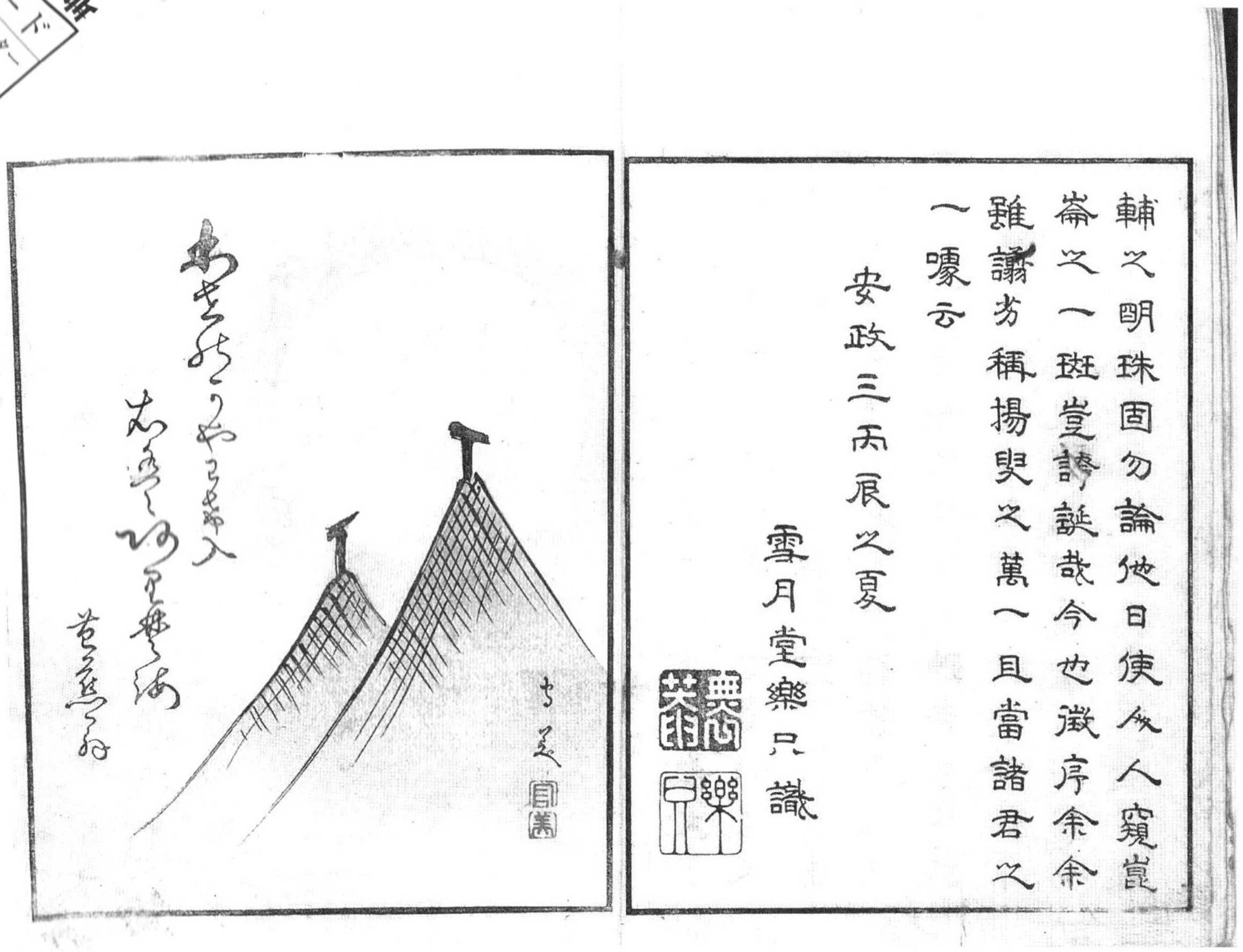

輔之明珠固勿論他日使人人窺崑
崙之一斑豈誇誕哉今也徴序余余
雖譾劣称揚叟之万一且当諸君之
一噱云

安政三丙辰之夏

雪月堂楽只識

無一菴

只楽

守美

守

美

わせのかやわけ入
右はありそ海

芭蕉翁

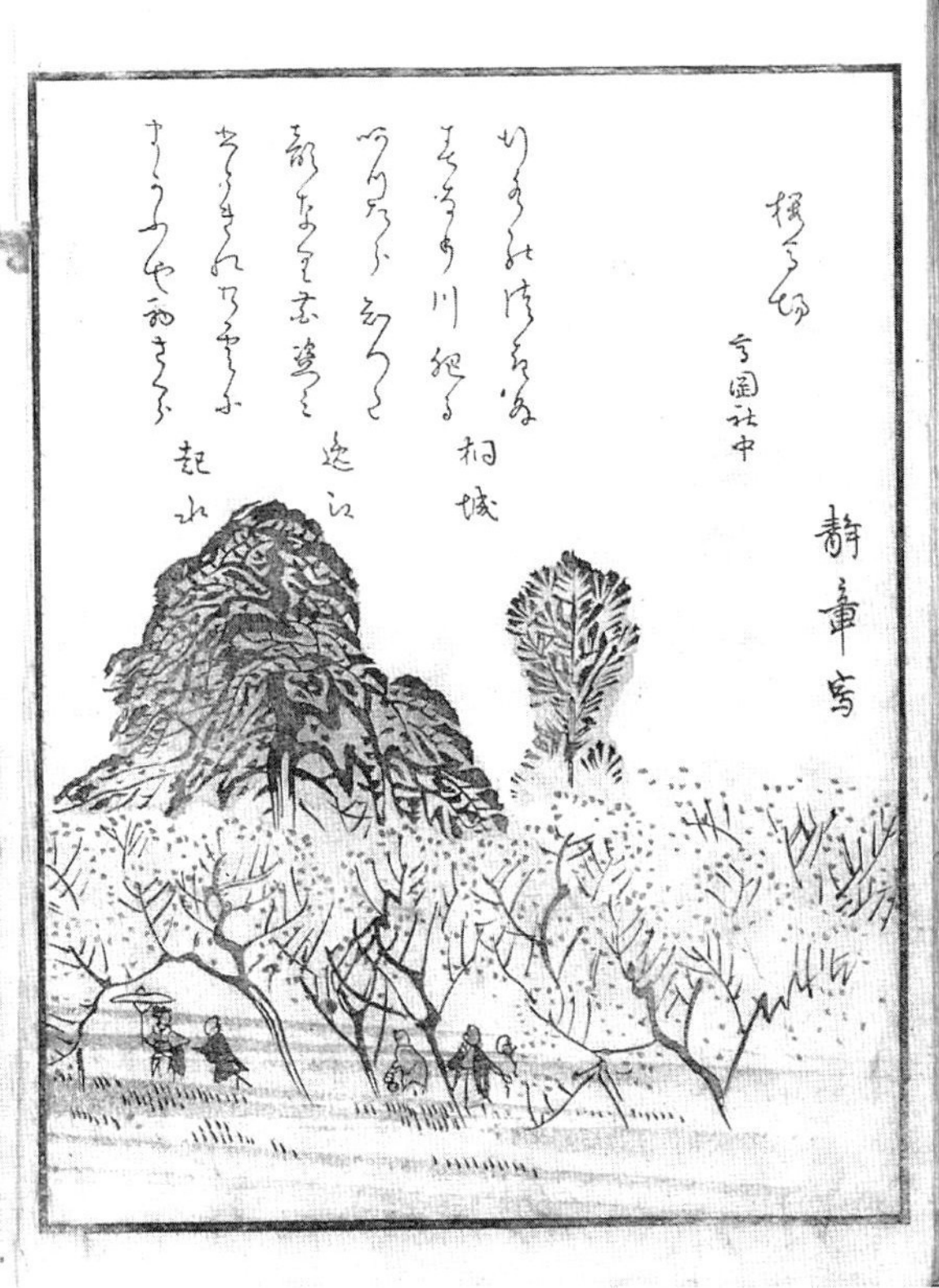

桜馬場

高岡社中

静章写

行水のつきぬ
春なり川肥る　桐城

呵つたら知つた
顔なり花盗み　逸江

ひときれの雲に
まがふや初ざくら　起水

日の麗にほだされてハ
一瓢を友とし暮ては
又一舛千盃を愛す

唯でさへ事足る
花に月夜かな　菊士

とび〳〵に柴焚
捨てはつ桜　梅山

菜の華や煙りの
黒き出来分限　炳文

こち向て聞たらよいぞ初がらす　高ヲカ 依山
いねつんだ疲あり五日六日まで　〃 温然
聞処によつて小凄し雉子の声　〃 克明
余の草を踏付て摘すみれかな　〃 松清
ひと木宛見て深入や山ざくら　〃 黒仙
入船の荷の取沙汰や飛乙鳥　〃 竹場
出がはりや水勝手よき長者町　〃 梅山
軽き身に成て乗たしなの花に　〃 鴬叟

照々と蘂を見せけり雨の華　〃 花精
入ふねを見はづす朝のかすみかな　〃 真斎
菜の花や町に続てある在処　〃 光花
撞かねにちからそへけりはつ烏　〃 茂芽
江むかひの人音高しおぼろ月　〃 鴬樹
蓬莱や坐鋪のうちの散松葉　〃 寛柔
晴かゝる雨に立添ふ霞かな　〃 長玉
音ほどは水のぬるまぬ裾野かな　〃 石香

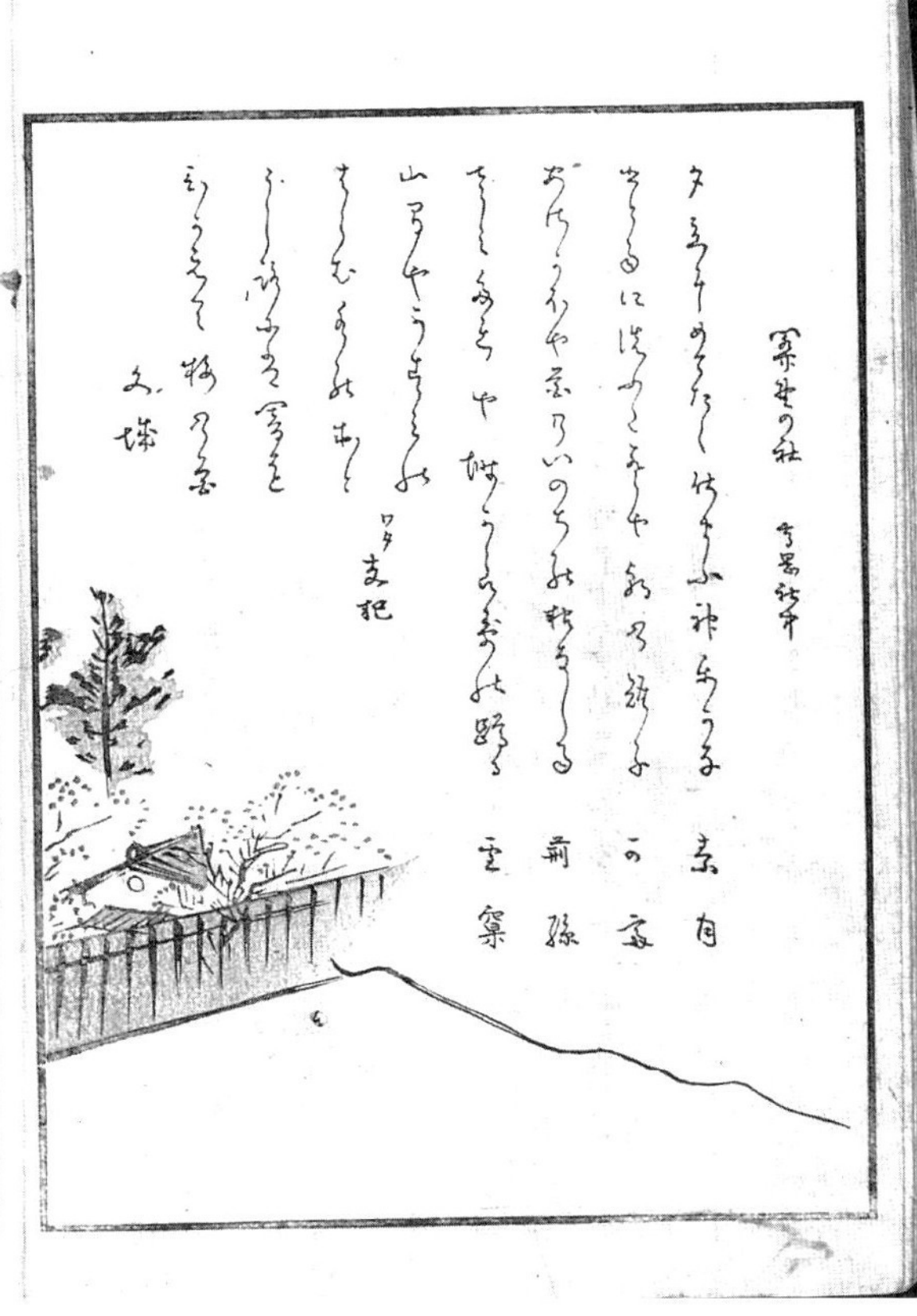

関野の社　高岡社中

夕立にめでたく仕まふ神楽かな　素月

ひと雨に洗ふた声や朝の雉子　可斎

あさがほや花のいのちの根なし雨　荊孫

さみだれや塒からすの蹲る　雪窠

山間やかすみの
はらむ水のおと　ワタ 支把

うしろには闇を
ひかえて梅の花
文城

雨を呼幣に
崩れつ
雲のみね
華精

簾圃生

組あふてすみれ咲けり風のあと　〃素桐
水に影むすんで暮る柳かな　〃石丈
闇に出て月にもどるや門のうめ　〃可堂
黄鳥やみやこに近きけふの道　〃湘山
つばくらや生れし家を行過し　〃吟水
鴬をまつや眼さきに樹の雫　〃奇石
くちぐ〱に聞たのしみやはつざくら　〃清吟
うぐひすの飛鳴ひくし篠の奥　〃立涯

華ざかり見る人の眼のつけどころ　〃素月
若草や松のしづくのひかる岨　〃青年
暮た日の取返されず散さくら　〃女蕉瑩
もの好に蝶の狂ふや鬼あざみ　〃尼智照
正月やみなあたらしき人ごゝろ　〃幼僧護信
越てから見上る峰のかすみかな　〃可蓼
我宿の朝寝を起すつばめかな　〃青林
山吹やほつれかけたる垣の末　〃桂里

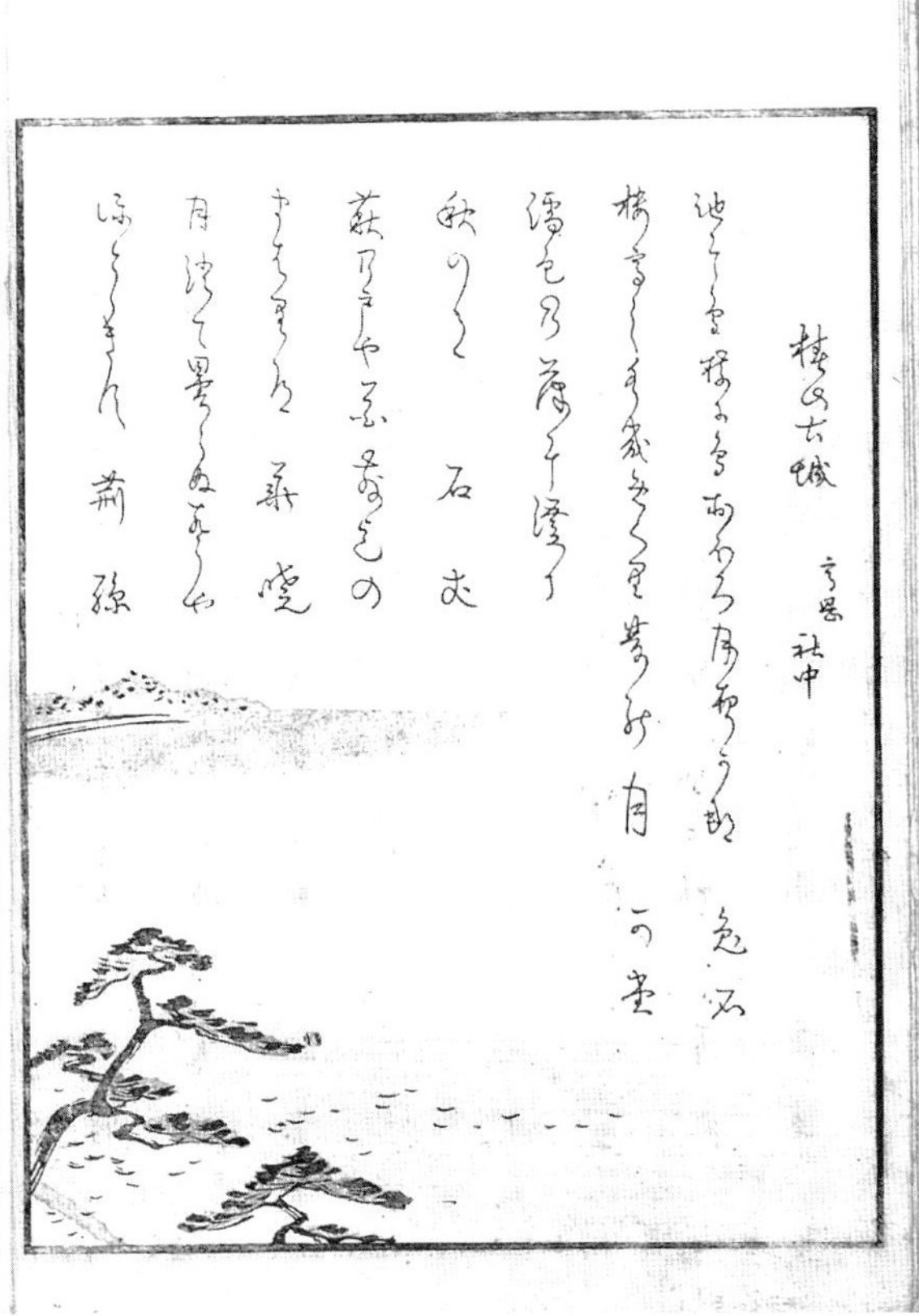

椿山古城　高岡社中

池に鳥樹に鳥おぼろ月夜かな　兎石

楼高し水幾めぐり夏の月　可堂

濡色の薄に澄り
秋の月　石丈

萩の戸や花散迄の
まはり道　華暁

月澄て曇らぬ声や
ほとゝぎす　荊孫

月の洩薮を
後ろに篁　竹陽

置露は霜の
始ぞ女郎花
石香

落着た黄昏
ぶりや虫の声
克明

君山画

はからずも山路にうれし初ざくら　和タ 支把
春の水つくぐ〳〵見ればながれけり　向タ 投瓢
鴬や留主なき家を出て聞　中川 梅蕾
よく見ればかさなる峰や朧月　串タ 伯圭
子の日野や誰もみへぬに繫き馬　シマ 井里
更し夜の雨に出て見るさくら哉　シマムラ 嶋村
日をうけてのぞく畑ある若なかな　十二町 湖的
大名の往来さきやきじの声　ヒミ 寛昌

立鷺も見へて古江のかすみかな　〃 青阜
かへす羽に川浪かぶる乙鳥かな　〃 来賀
海山の都合や華のかし坐敷　〃 竹志
どのやうに見るや思ふや山ざくら　〃 素角
海苔の香や蜑が手織のあらむしろ　イケタ丁 禾月
雉子鳴や焼野が原を日の巡り　〃 梅花
宵〳〵や梅のうへ越す月白し　〃 雄峰
咲花に透てゆらぐや夕天気　〃 希逸

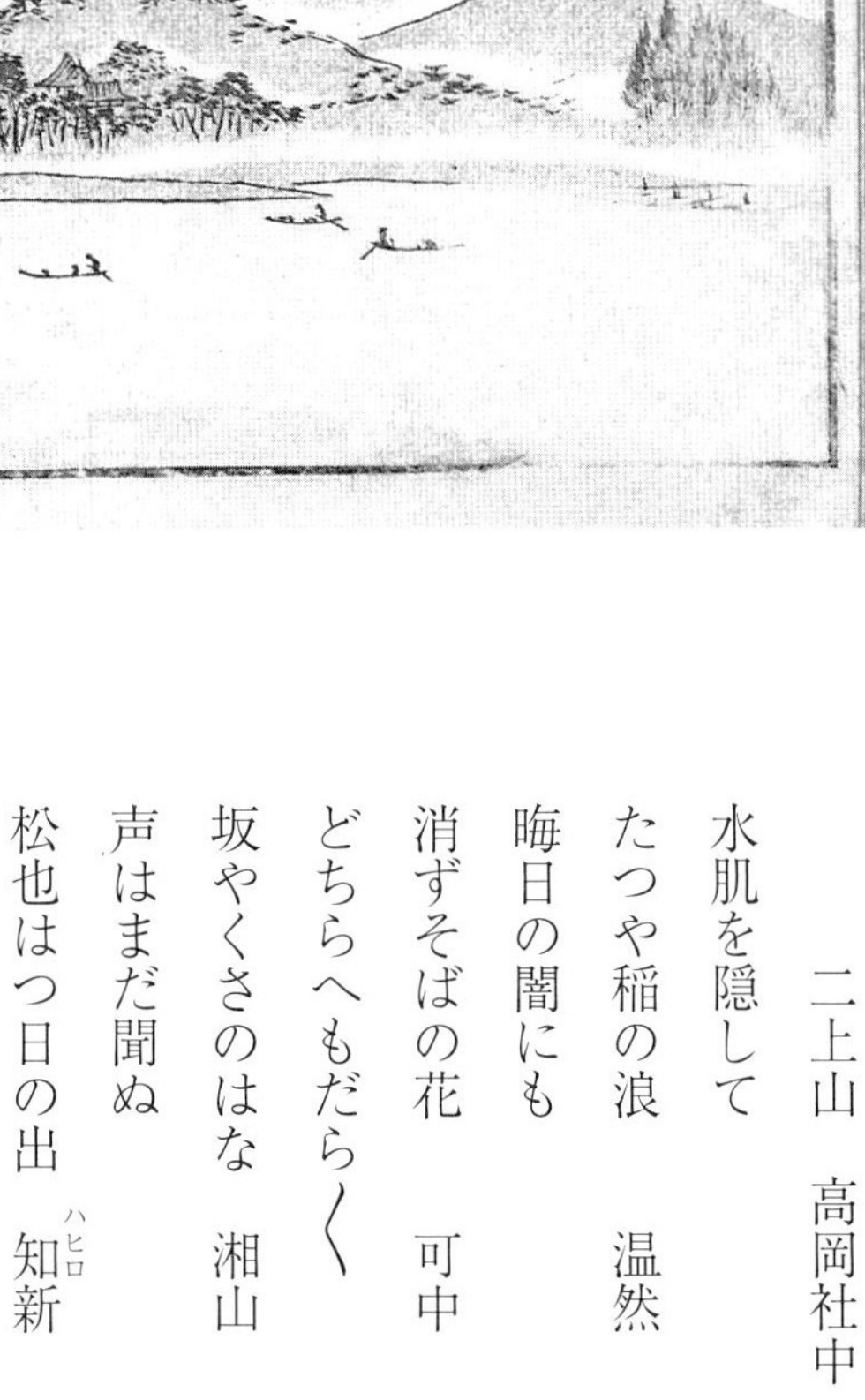

二上山　高岡社中　広文圭画

水肌を隠して
たつや稲の浪　温然

晦日の闇にも
消ずそばの花　可中

どちらへもだら〳〵
坂やくさのはな　湘山

声はまだ聞ぬ
松也はつ日の出　（ハヒロ）知新

徒に日のべる
かげや木槿垣　文城

水鳥の塒
明るし捨かゞり　鴬叟

名月や梺の闇は
夜のしるし　依山

○

二上山清水のもとにて
大君のひと度結ぶ岩しみづ
行すゑながく名に流るらむ
津島揖雄

梅添た手紙は早うとゞきけり　甫州（マシマ）
立鳥のあとはかすみの水田かな　日笑（スカタ）
是にさへ馴てのわざやうつ薺　柳丈（石動山）
揚るだけあげて声はる雲雀かな　〃阿声
巣の鵲の太觜ならす余寒かな　北叟（吉久）
はかどらぬ小道づたひや若菜つみ　〃松山
夕月に下りおくれたるひばり哉　〃二峰
牛ひきに教へられてや梅もらひ　〃春汀

たをる手も薄むらさきや藤の花　松月（六トシ）
日のさして雨のつやあり若みどり　〃鹿度
左義長や手習子仲間の進む意地　〃有酔
傀儡師いくつの芸もうたひとつ　〃松峯
きのふ見し人うらやまし雨の華　〃月山
常よりはやしろ気高しおぼろ月　〃一瓢
息をつくさまや蛙の水ばなれ　可楽（中フシキ）
花さくや朝晴かるき川むかひ　松籟（フシ木）

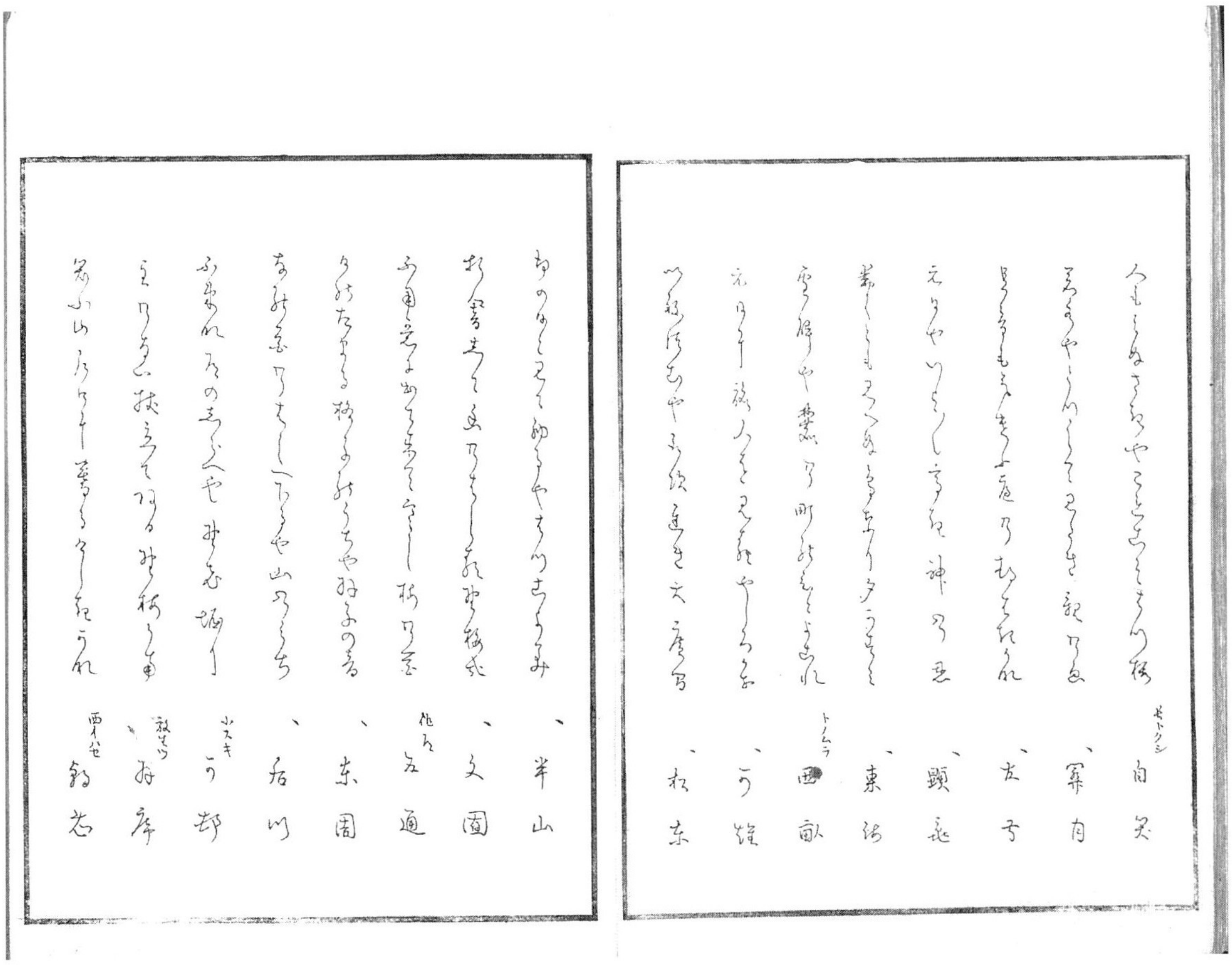

人もみぬさきやこれこそはつ桜　（長トクシ）自笑
若水やうつして見たき親の皃　〃　関月
足音も気遣ふ庭のつばきかな　〃　左弓
元日やいよ〳〵高き神の恩　〃　顕亀
動くとも見へぬ鳥なり夕がすみ　〃　東海
雪解や麓の町のひとよごれ　（トノムラ）西畝
元日に旅人を見るやしろかな　〃　可雄
いねつむや取次遅き大広間　〃　松東
切の日と見て納るやはつごよみ　〃　半山
打響して香のはしる野梅哉　〃　文圃
不用意に出て来て寒し梅の花　（作道）五通
日のたまる格子のうちや羽子の音　〃　東周
なの花のはしへ下るや山のみち　〃　后川
不束な道のしらべや野老掘り　（小スキ）可邨
主のない杖立てある野梅かな　（放生ツ）羽席
笑ふ山戸口に暮るけしきかな　（西イハセ）朝芯

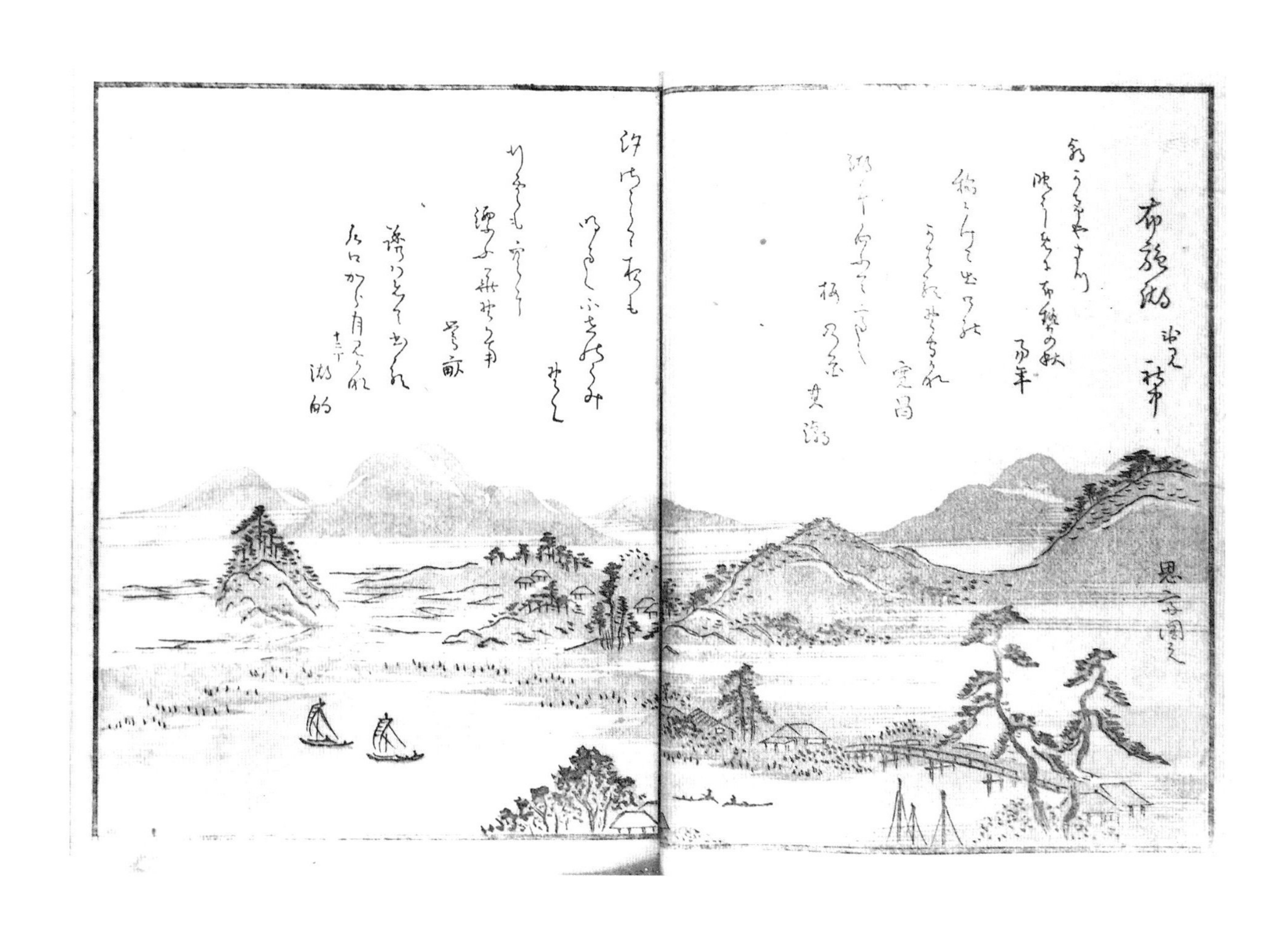

布施湖　氷見社中　思斎図之

朝かげやまづ
　眼はじめに布勢の秋　易年

稲かけて出口の
　かはる野守かな　寛昌

湖に向ふて高し
　梅の花　其潮

汐さして夜も
　明るしふせのうみ　野乙

行雲も空に
　漂ふ華野かな　鶯畝

誘はれて出る
戸口から月見かな　十丁湖的

太箸や膝に居る子も数のうち　四方 〃佳渓

しら波の垢とも見へず海苔の味　〃霞松

動くほど猶しづかなる柳かな　〃喜堂

翌日からは兎も角もあれ桃の花　〃里川

馬除て通したとこや蕗のたう　〃素律

吹降りの次第に晴て柳の芽　〃佳萍

春の雪はれ間〳〵の月夜かな　〃如円

用のなき人も来て行日永かな　〃文路

先に眼のつくばかり也汐干狩　〃巴龍

黄鳥のはつ音や杖に手をかさぬ　〃茶逸

藁葺は絵にかく家やうめの華　〃三孝

あと思ひしてはさびしきさくらかな　イヒノ 教伝

うぐひすのはつ音も訛し京言葉　アラヤ 林鳥

経にいはくわれ一大事をしらせんが
ため此土に来たると

待あはす処書してねはんかな　トヤマ 可九

福寿草今か今まで冬ごもり　ナメリ川 釣月
人ほめき漸くぬけて夕ざくら　〃 三有
霞まれて居ながら淋し枯薄　新ホリ 双水
時さして川のにごるや春の風　〃 禾城
負た子も皃見あはせて御慶かな　〃 寿ゝ女
夕寒もあるや苗代の浅みどり　上市 大芝
蔵開く朝やあるじの田が雄　〃 二松
やぶ入や宵の支度も足らぬうち　〃 松斎

声かけて舟とふねとの御慶かな　〃 乙葉
動き出すやうに思ふや夜の花　ウヲツ 魯堂
立附た戸に挟まれし柳かな　〃 春鶏
五條ならそこらとさすやいかのぼり　〃 可春
桜鯛曳くやありその浪の花　〃 五嶺
庭草も眠るさまあり春の水　三日市 完栽
よい證拠見て立旅や初ざくら　〃 不及
朝凪に眼をかよはすや里の華　〃 恕兮

辛嶋吹上松　氷見社中　月精斎筆

涼しさは烏賊釣る
舟の行衛かな　禾汀

込汐も絶て日永し
岩の洞　青阜

篝火の
見へて
すゞしや
有磯海
泊舟

霧のかや日脚の添て浦静
池田町 禾月

月澄や木の間を走る汐光り
スカタ 家年

此風にむらさきさめずか丶り凧　三日市 桃下
誘はれて老をわする丶花見かな　〃 芳庭
野面吹かぜよりはやしのぼり鮎　ワカクリ 竹人
行さきも雲ふむ旅や桃李　泊 雲翁
春風や遠き岬も波の花　〃 桐栽
ひと声や一町内の初がらす　〃 蘆郷
御さがりに直るや松の曲り癖　サカヒ 其流
鳴声をしたふて透る雲雀かな　〃 白屋

水浴てからす霞むや田の続き　〃 羽文
日和まつ朝やうぐひす聞に出る　〃 是推
眼いろまでかはるや猫のうかれごろ　〃 鰕笑
川越て見ても真むきや鳴ひばり　〃 柳江
何もなきたもとにすれて落つばき　杉ノ木 蓼牙
若猫の玉に取けりそれ手鞠　〃 太蕗
初鶏や明ての声はなくもがな　〃 虚渕
鴬や真向に成て鳴かまへ　〃 窺元

なまなかに帰る家あり花の暮　〃秀枝
ぬか雨に土を暖めて華すみれ　〃東翠
水見てやすなほに伸る藤の花　〃五松
四方の海波静なる君が代を　後藤正訓
かすめる池にうつしてぞみる
桃咲や急度くすりになる匂ひ　有尾（井ナミ）
給はる、今をも知らで鳴田にし　〃嬉十
春雨のひまを誘ひぬ松の声　〃九皐

吹止や柳ひと筋家根のはし　〃春英
誰も気のつかぬところや摘若な　〃松涛
吹風にたじろぎもせず揚ひばり　〃守星
雨はあめ柳はやなぎ夜の音　〃霞条
薮入やひとりにうちの賑しき　〃美杉
うぐひすのはつ音や軽き身の構　〃守吾
夕栄の花にのこるや藤の棚　〃北英
はまぐりや何処で啌し古松葉　麦里（フクノ）

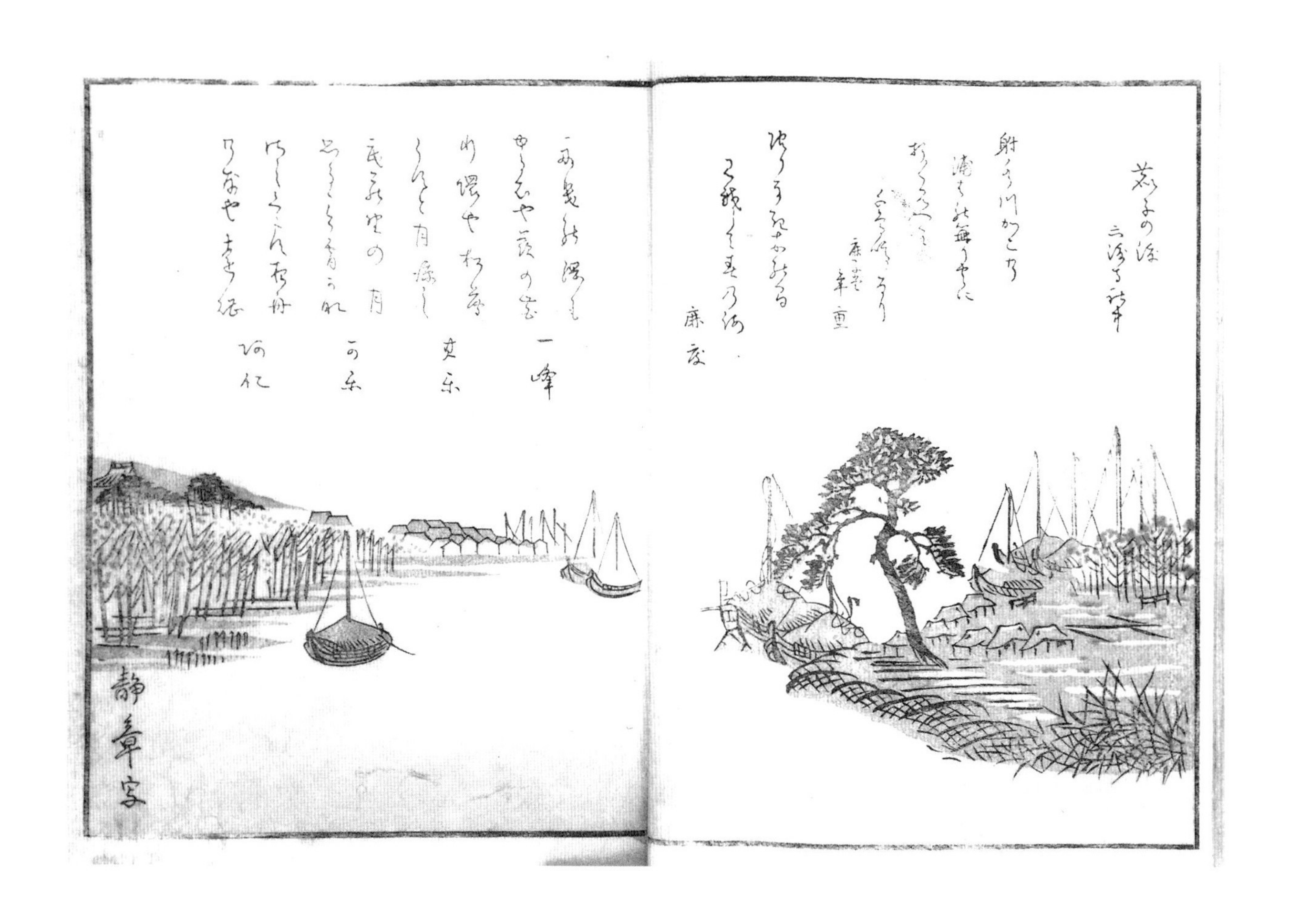

茗子の渡　六渡寺社中

射水川かこの
　浦はの篝り火に
折〳〵見へて
　　千鳥鳴なり
　　　鹿子堂 年重

限りなき木の間
　見越して春の海　鹿度

舟曳の綱も
ゆるむや茨の花　一峰

川綱や松薄
うすと月涼し　其楽

武蔵野の月
思る、今宵かな　可楽

さしくだす夜舟
の友や遠礁　阿仁

静章写

流れ矢のゆられて落る柳かな　（フクノ）雄々斉
しら梅に隔てたゝくむしろかな　〃柏浪
正月のこゝろ置よき莚かな　〃其年
追分て一寸見た人やうめのはな　〃亡半才
ありくうち空の明るし梅林　（城ハナ）大居
寝直してよき夢見ばや春の雨　（金サハ）白蛙
凧のぼる真下は余処の在所かな　（中ノ）有芳
掛茶屋のいりぐちかりる柳かな　（サカノ）子祐

夏の部

肌あたり妙なる風や氷室の日　（高ヲカ）兎石
灯のかげやひと手後れに蛍の飛　〃依山
竹の子やふとりざかりを掘ざかり　〃逸江
飲足りて后のながめや野の清水　〃起水
ためらふて板の間ぬらすひむろ哉　〃炳文
明星のひかりとゝのふ御祓かな　〃桐城

藻の花や海士がひらきし田の樋口　〃温然

けしの花見るや晴ゆく雨の脚　〃文友

雨の香のうはばしりする青田かな　〃梅山

夜の明てきはまるいろや杜若　〃義芳

口重きはなしにうつるあふぎかな　〃光花

植附た田のいさぎよき月夜哉　〃松清

并ぶ木にそよぎはなくて今年竹　〃克明

寝て起て別れはおかし竹婦人　〃鴬叟

家あれば水あり里のかきつばた　本領 霞翠

背たけほどのびて一輪けしの華　クシタ 伯圭

降やんだ時暁やさつきあめ　中川 化杖

貫ふより小脚になりぬけしの花　〃其雪

草ゆるぎ見て小褄取る清水かな　ハヒロ 知新

日車のめぐるや風にかゝはらず　ワタ 支把

蝶の来てひと重ちらしぬ芥子の花　〃芋村

ひと雨に色しな分る若葉かな　サカノ 子祐

鹿子神社　六渡寺浦社中

幾夕詣て聞ば　豊成
郭公鹿子の社に
こゝら鳴なり

御手洗を呑か声よき時鳥　松月

庭先の小暗き草やきりぐ〲す　花友

下戸までも誉て　鬼菱
戴く新酒かな

眼立ともなくて
気高し桐の花　月川

広庭へ旭のさして百日紅　松亭

化粧した皃迄洗ふ清水哉　北城

神の守る色かと見るや杜若　月山并図

よき空に笠の雫や木下闇　タカヲカ 菊士
酒好のさかなにつかふうちわかな　〃 華暁
手すさびの水にうごくや夏の月　〃 東渕
増水の道に溢れてかきつばた　〃 雪昇
火取むし庭木に月を置ながら　〃 長玉
剪ほどはその日に咲やかきつばた　〃 柳水
家ひとつ見かけて遠き青田かな　〃 吟水
我持た灯では見にくし杜若　〃 石丈

鴆と言る毒鳥は鳳凰に怖るゝとかや又
瑞鶏は竹の実を嗜とあり謂に今井の
傍に竹を植るは鴆を遠避る意ならん

竹ありてうたがひもなき清水かな　〃 石香
鉄砲のおとをり〳〵のしげりかな　〃 湘山
組子から拝むほとけや蝿の声　〃 盈科
風なくてほどよき舟のすゞみかな　〃 奇石
よきころや牡丹見ながら昼の夢　〃 清吟

解て見て手本なくしぬ巻粽　〃可蓼
みじか夜や下手な噺の聞づらき　〃青林
竹の葉に露けきかげや夏の月　〃桂里
畚の児の留主居只なり麦の秋　〃素桐
雲影に押れてさくかかきつばた　〃立涯
卯の華にとゞきて消る烟りかな　〃文城
夕だちや枝川ばかりにごり水　十一僧 良遂
火に焦る波や鵜匠の立姿　ヱチコ 文甫

佐保姫の霞の衣立初てけさあら玉の春やきぬらん
宵の間と思へば明る難波津の入江のあしの短夜の月
昨日けふ早稲田かりがね音信て秋風寒し深山辺の里
雨ときく木のはの音に夢覚て山風さゆる月を見る哉
右四時の和歌各題書を略す　高陵 津嶋楫雄
夕晴の木立にけぶる蚊遣かな　ヒミ 其声
唇に苔の香うつる清水かな　〃其潮
森ふかき中に風あるのぼりかな　池田町 禾月

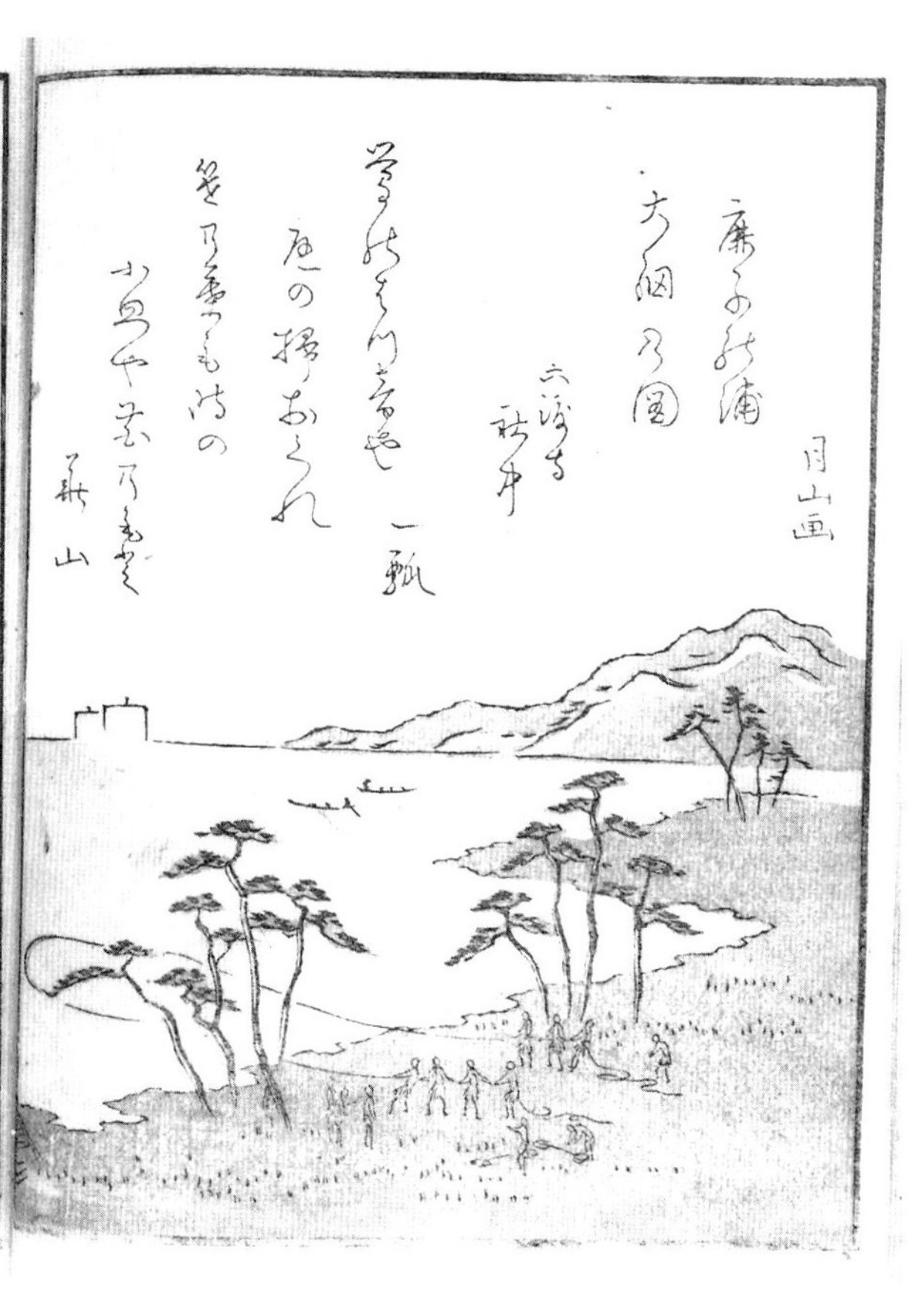

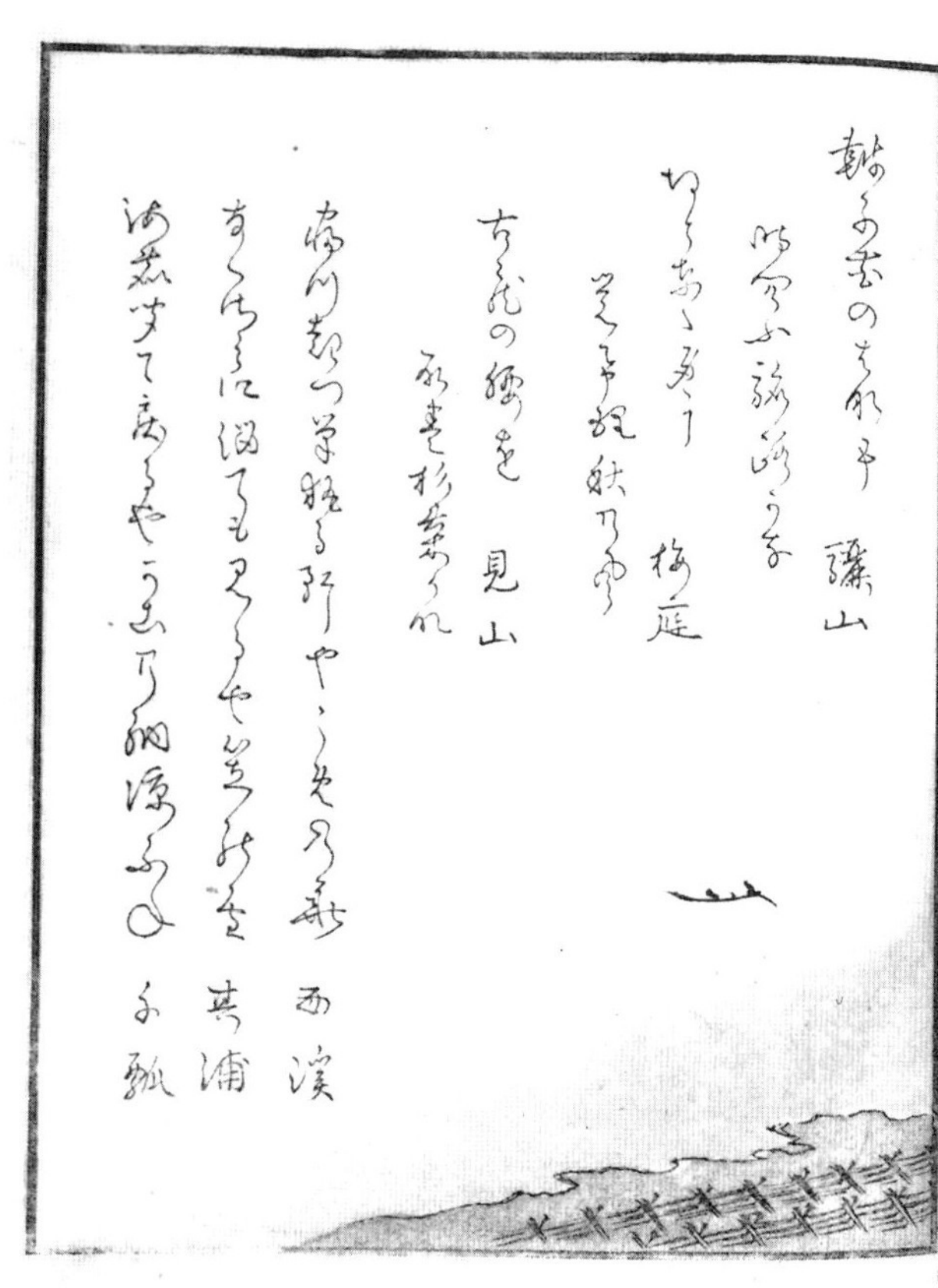

月山画

鹿子の浦
大網の図

六渡寺社中

鴬のはつ音や　一瓢
庭の掃おくれ

笹の葉も時の
小皿や花のもと　華山

鼓子花のはなに　驪山
時問ふ旅路かな

何となく身に　梅庭
覚けり秋の風

古蔵の腰を　見山
取巻杉菜かな

寝つ起つ筆執る軒やうめの華　西渓

なぐさみに溜ても見るや笠の雪　其浦

海鹿聞て戻るやかこの納涼ぶね　千瓢

嶋さきの闇をはなるゝほたるかな　イケタ町 桃水
さみだれや袂のおもきわたしもり　〃 応年
約束の処にあるなりなつの水　吉久 北叟
紫陽花や凮にあやしき華の嵩　〃 二峰
関の戸に午時のけぶりや蝉の声　〃 有岳
かたり行はなしとぎれて行々子　六トシ幼僧 美瓢
行来する人のたすけや夏木立　〃 里川
川に添ふ家うらやまし夏の月　〃 松月

部屋客の祝ひ後れしちまきかな　〃 阿仁
たゞひとつ白鷺しろき青田かな　〃 月山
裾取て江側伝ふやかきつばた　〃 一瓢
水草のかげにうつるや夏の月　中フシキ 可楽
早き瀬をながめて凌ぐ夏野哉　長トクシ 顕亀
華底に蜂置ながらちる牡丹　トノムラ 西畝
恵方よりやはり菖蒲も葺にけり　〃 可雄
山入や何ぞのみたき蝉の声　〃 半山

ひとつ家の蚊遣火うつる田面かな　〃松東
釣台にあらし吹添ふ氷室かな　〃文囿
雨乞の雨降行や海のうへ　（作道）五通
堂守の灯になじみ来る鹿子かな　〃東周
押分て蛍に草の根こぎかな　〃后川
華に別れ鳥にわかれてころもがへ　（小スキ）可邨
水隠す蓮や花影葉にうつす　（放生ツ）素遊
掃除さへすこしはいとふ牡丹かな　〃羽席

愛らしう背なに寝る子の暑さかな　（シンホリ）禾城
子孑や何におそれてうきしづみ　〃双水
突かける瀬おと抱こむ若葉かな　（上市）杉亭
上見ぬは誰に習ふぞゆりの花　〃一舟
山間や城下のかたへゆく清水　（ウヲツ）魯堂
垣縄のしめりがちなり蝸牛　〃芽斎
すゞみ居る中へ投たり船の綱　〃素紈
翌日の花見せて暮けり杜若　（三日市）完栽

志那の丶浜　三ヶ新社中　三省舎主人

天日隈宮御杖代兼国造尊孫

波風の奈呉の海原見渡せば

よもに行かふ小ぶね大ぶね

裏門をけふ明初て春の月　蓬山

月更て舟の目当や神の森　喜山

峯見へて梺は深し夕霞　福莱

細う吹風も根づよし秋の暮　林水

名月の影尚清し有磯海　丁亥

漣に光まばゆしけふの月　蓬山

はづみよき初音や手の拍子　喜山

孤家も捨ぬ修行や寒念仏　丁亥

幾代経るやしろぞ月にあたらしみ　福莱

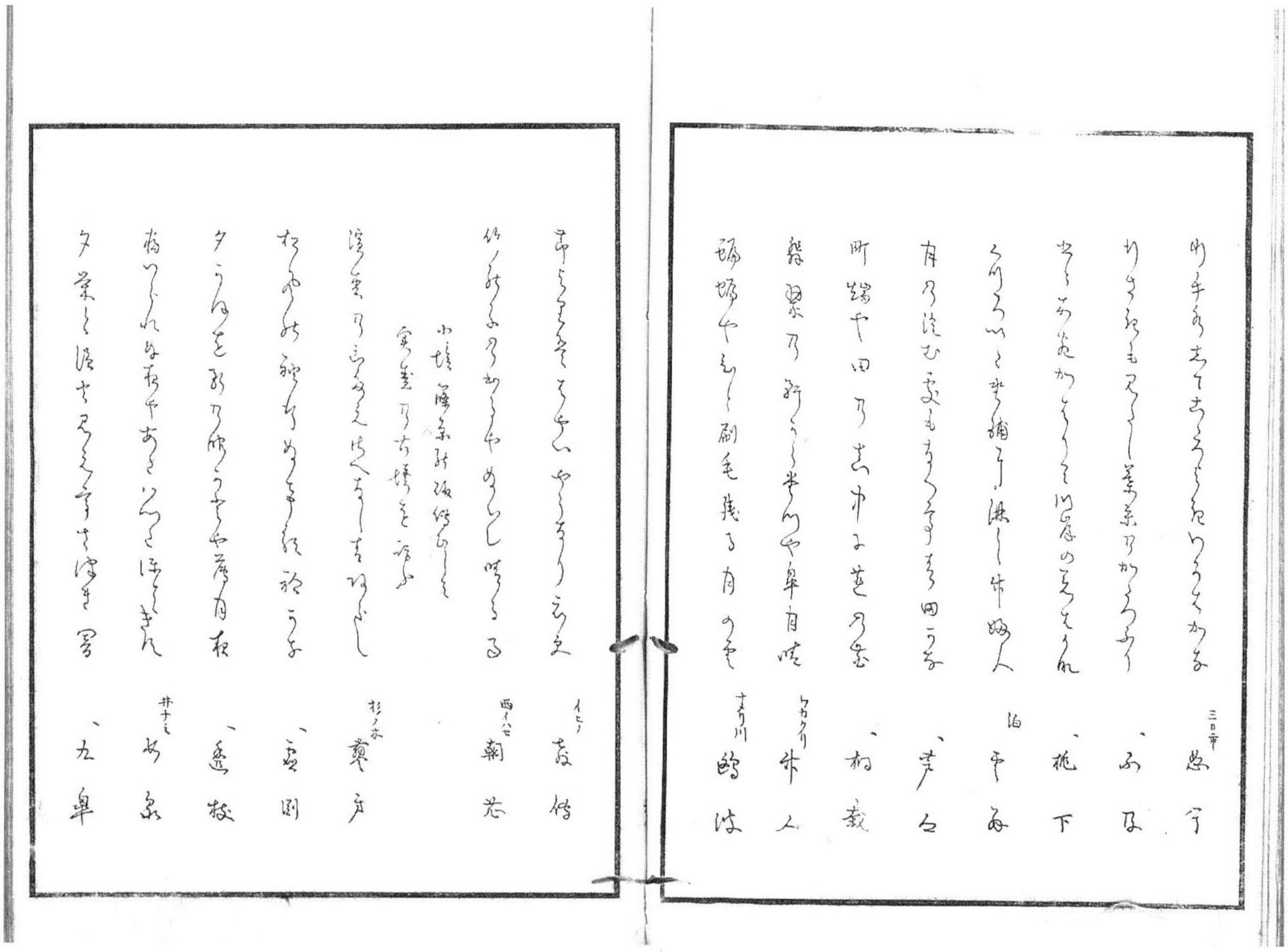

川手水してこゝろよきわかばかな　三日市 恕兮
行さきも見たし葉末のかたつぶり　〃 不及
ひと木宛かはりて川岸の若ばかな　〃 桃下
くつろいだ坐鋪に淋し竹婦人　泊 雲翁
月の澄む処もなくて青田かな　〃 芦郷
町端や田の真中に蓮の花　〃 桐栽
翡翠の軒からたつや皐月晴　ワカクリ 竹人
蝙蝠やひと刷毛残る月の雲　ナメリ川 鴎波

節よりははやいやうなり衣更　イヒノ 教伝
竹の子の出るやぬらし晴る雨　西イハセ 朝芯

小塩篠原の磯伝ひして
実盛の古墳を訪ふ

浜松のしたえさへなし青あらし　杉ノ木 蓼牙
松風の袖行ぬける袷かな　〃 虚渕
夕がほを軒の眼かとや薄月夜　〃 透枝
寝いられぬ夜やあたはつたほとゝぎす　井ナミ 如泉
夕栄と漁火見えてさつき闇　〃 九皐

華咲たやうにむぐらのほたるかな　〃北英
田の青む日和つゞきや雲のみね　〃松涛
見透せば花ある月の浮藻かな　〃春英
河骨の花吸ふ蛭や朝のうち　〃守星
撫子や雨もこまかにうけるさま　〃霞条
懸かへた橋を吹けり青あらし　〃美杉
客ぶりにすはつて見るやはつ袷　〃守吾
込あふた葉にも隠れずかきつばた　〃有尾

蝉鳴や休むところに念の人　フクノ 其年
根笹から押よせて来て堀の浪　〃麦里
南天の花も見つけてころもがへ　〃静芳
朝靄を葉間にこめてかきつばた　〃春涯
蜘の巣をわざとてらして飛蛍　〃松屋
ばせを葉の垣にもたれて五月雨　亡 止杖
青空を水にうつして冷し瓜　四方 三孝
森の蝉日痩の雲を鳴はらし　ツハタエ 三水

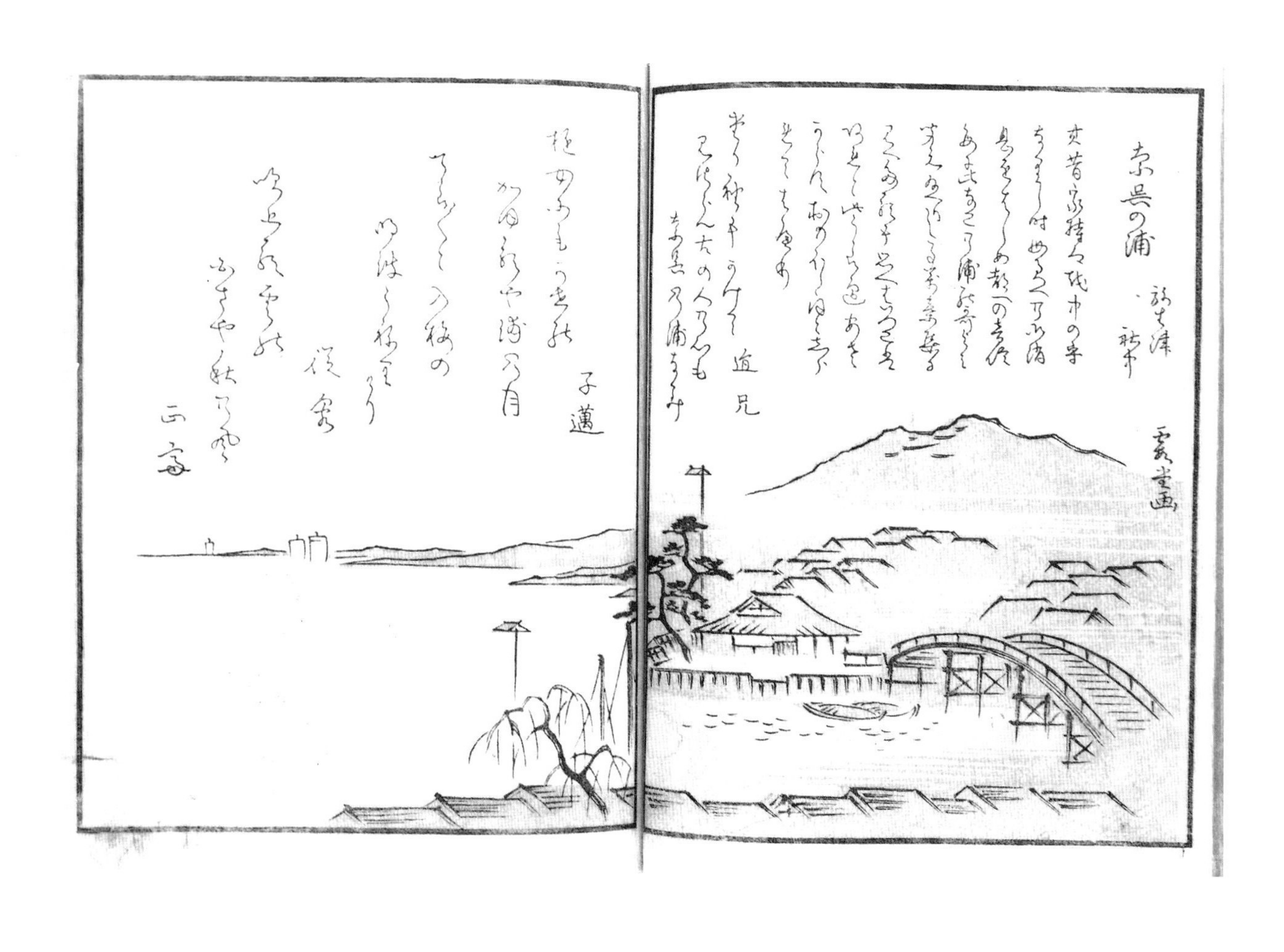

奈呉の浦　放生津社中　霞堂画

其昔家持卿越中の守
なりし時母君への御消
息をはじめ都への音信
毎に此なごの浦の歌よみ
聞え給へりし事万葉集に
見へたるに思へばいづこは
あれど此うら辺あさ
からずおもほたほどしら
れではべり

たが袖にかけて　迨兄
見ざらん古の人の心も
奈呉の浦なみ

遊女にもかぜの　子邁
かほるや浦の月

てら〳〵と入梅の
明波うねりけり　従容

吹上る雲の
白さや秋の風　正斎

放主津社中

雲かけて松も桜のさかりかな　里北

爪木積むかげは濡さずはつ時雨　西厓

鳥はみな羽音の軽しあき日和　孝標

稲づまや雲の深さにかゝはらず　可松

掃のこる塵もうごかずはつ氷　文斉

寝てはなす夜のたのしさや鳴川鹿　東融

澄わたる月やひとつら鳫の声　里風

魚市の人かさなりてしぐれけり　霞堂

○

立山の雪にまがひてあしくらの
杉にかゝれる水無月の雲　杉木 後藤雅名

千代と鳴雀は誉て初がらす　タカヲカ 多都女

萍のおぼろに明るほたるかな

咲処はよかれあしかれ月の梅　ツハタヱ 六水

水も香のありげや井戸の開初　ノト 稲波

雨垂や余寒のゆるむ夜の音

春立を知らする鶏の羽音より　道正 儀風

行先や子供のおくる傀儡師　儀風
奥深う見ゆる住居や青すだれ
窪みから陽炎もゆるはたけかな　(中タ)越山
近よれば曇り消けり夏木立
くつろぎし波やさつきの有磯海　稲波
靄晴て肌うそ寒き卯月かな
次の間のあかりはほそし郭公　儀風
凩にやれ雨に寂たる芭蕉かな

秋の部

種とりし后も朝がほ咲にけり　(高ヲカ)炳文
淋しみにまけて暮るや竹の春　逸江
秋雨の森や丁々斧いれる　桐城
行燈に留主守らせて踊かな　鴬叟
船だより待るゝ空を鳫の声　東渕
忘れても居れぬ秋たつもやう哉　兎石

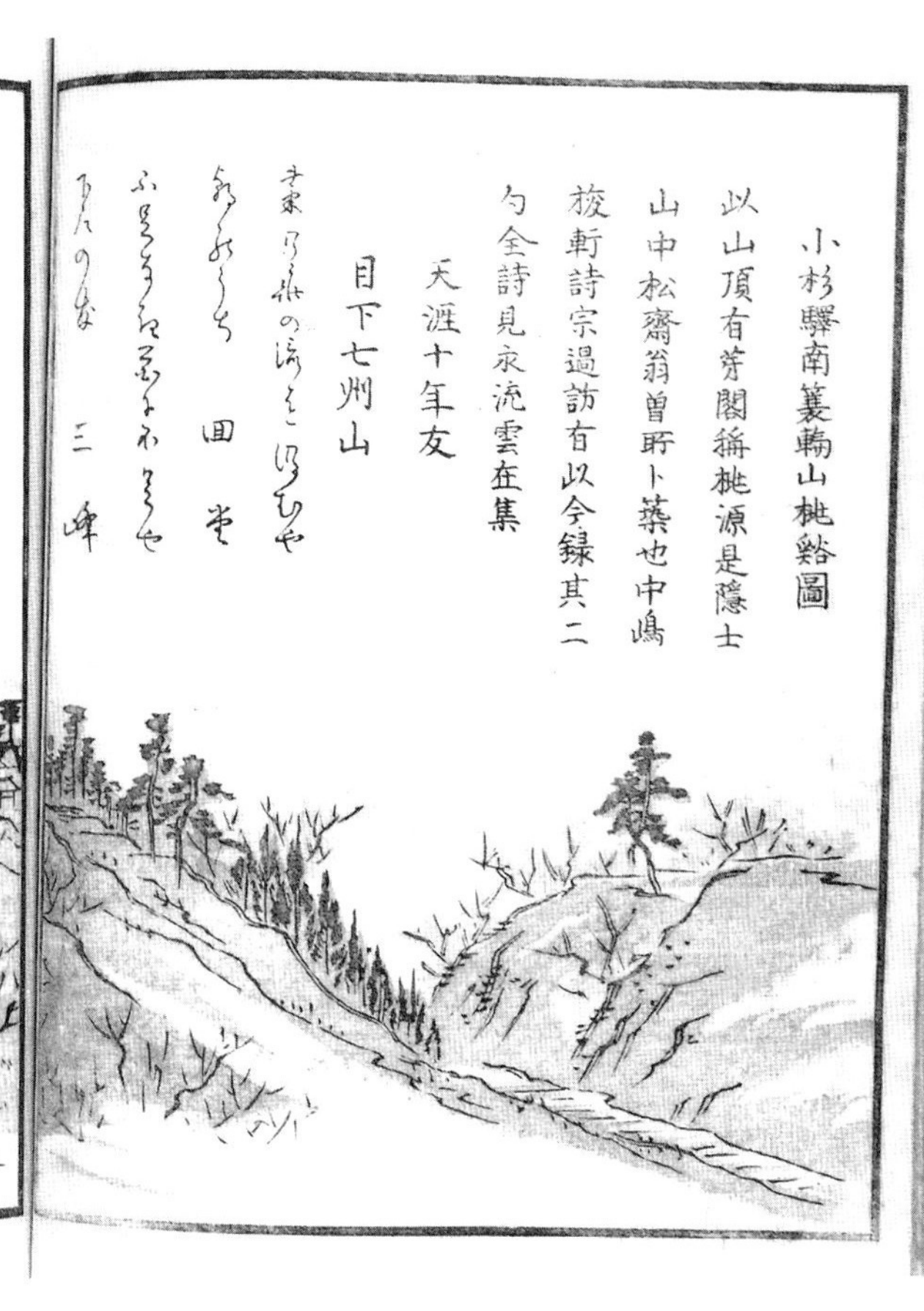

小杉駅南箕輪山桃谿図
此山頂有茅閣称桃源是隠士
山中松斎翁曽所卜築也中嶋
棕軒詩宗過訪有此今録其二
句全詩見求流雲在集

天涯十年友
目下七州山

菊の華の流を汲むや
朝のうち　回　堂

不足なき花に不足や
下戸の友　三　峰

小ながれを慎る畠や
桃のはな　二　友

若草や未だあたらしき
庵のみち　竹　葉

今空に鳴た雲雀や
くさの中　箕　山

雲きれに夜は浅けれど
はるの月　柳　江

どの山も色は出にけり
春のかぜ　陶　屋

更てある夜と思はれぬ踊かな　梅込
松風の障子に深し后の月　義芳
秋かぜや木の葉の上を走る蜘　竹陽
音のして秋は行けり雑木原　光花
折取ば御枝よごれし萩の花　克明
朝皃の盛りを見たり明ぬ内　松清
あさ皃や行義わすれて隣迄　女 蕉花
蕣のさかりや夢の覚ぬうち　尼 智照

最山に日はかたがりて秋の風　菊士
探り行あとへ〳〵とむしの声　万数美
戸にあたるものは風なり遠碪　長玉
消たかと思へばひらく花火かな　吟水
稲妻の夜毎潜るや雄神橋　可堂

射水泛舟聞虫　北渓生
両岸虫声附射川烟波漂渺月当天
舟中仰臥無窮楽聴作謳歌作管絃

倉垣庄

歌の森

戸破社中

寒月や橋は

もとより吹さらし　田山

片すみに

鷺は日請て

枯野かな　白扇

水鳥や夜明て

戻る元の池　左右

吹風の果は雪なり

なく千どり　印斉

水哉并画

辞冝に脱ぐ笠にも溜る霙かな

遠まはりして明しらむ燈籠かな　松琴

名月に酒も硯の海もがな　黄雀（古人）

雨晴やゆさぶり起す鳴子杭　奇石

出て見れば野に事もなし秋の暮　清吟

かざす手の下を過けり月の雁　可蓼

有たけは戸も操込て月見哉　青林

寂しみを催して散ひとはかな　桂里

稲妻に盈る丶竹の雫かな　素桐

秋立や庭へ吹こむかへしかぜ　立涯

囁の障子通すや秋のくれ　素月

名月や木のは草葉の露の照り　花村

山間や風の根となる落し水　知新

稲づまのながれも落す堰の上　愛水（ワタ）

白壁の木の間に見へて施餓鬼声　支杷

押なべてあきは芒に隠れけり　子祐

蜻蛉や思ひ〳〵のとまり処　椿斎（木ツ）

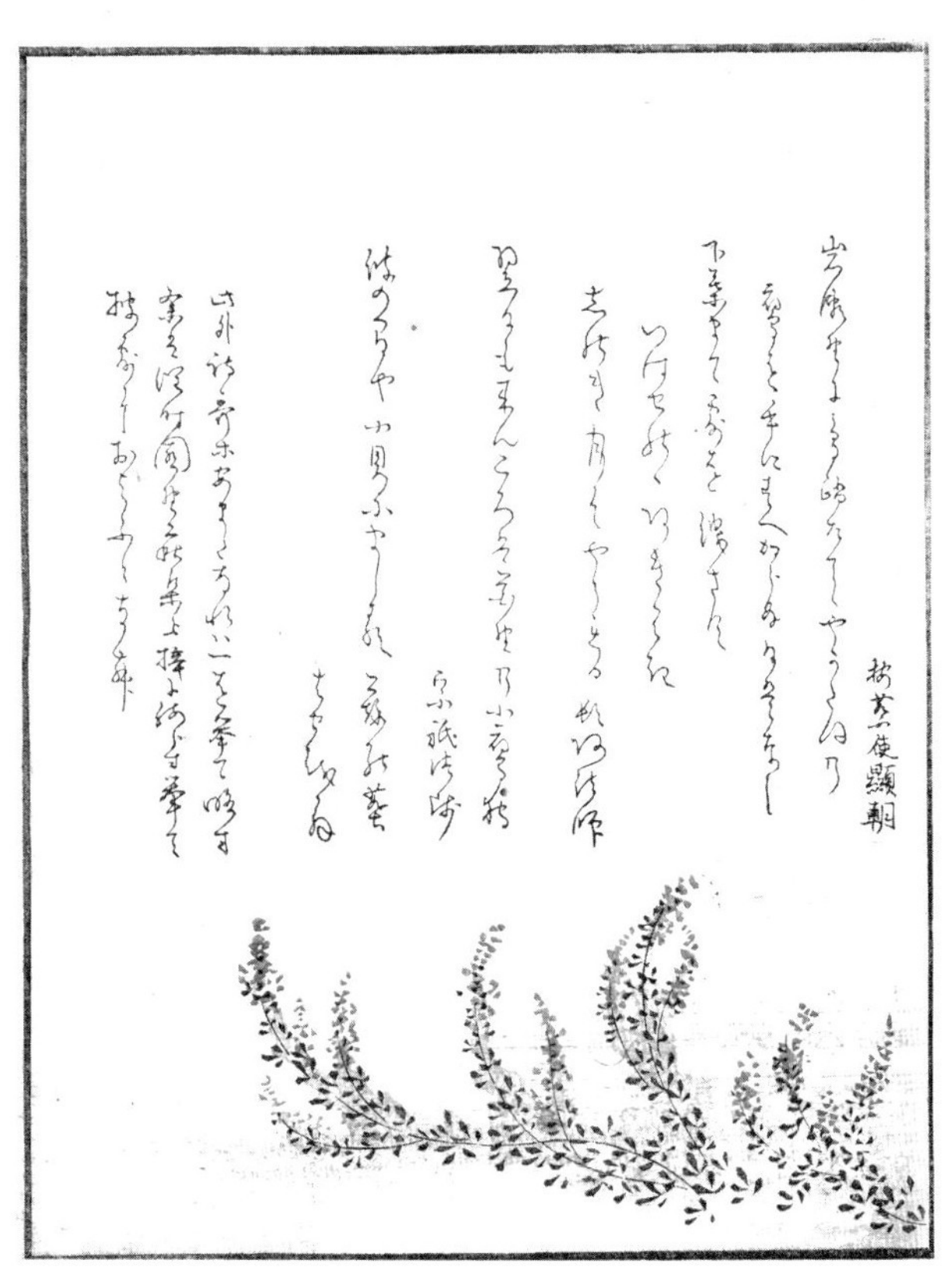

萩の浦古跡

岩瀬社中

大伴家持卿

伊波世野爾秋芽子之努蛮馬並
始鷹狩太爾不為哉将別

追和

みやびたるむかしのあと、いはせのに
かはらでにほへあきはぎのはな

正三位有功

いはせ野や鳥ふみ立しはし鷹も
梢もゆらす雪はふりつゝ　定家卿

舟とむるいほせのわたり小夜ふけて
宮崎山に出る月かげ　重敏

按察使顕朝

岩瀬野に鳥踏たてゝやかたほの
鷹を手にすへからぬ日はなし

下葉まで露を洩さず
いはせのゝあきはぎ
しのぎ月ぞやられる　頓阿法師

翌日も来んころは花野の小鷹狩
宗祇法師

波の間や小貝にまじる萩の塵
ばせを翁

此外詩歌等あまたなれば一を挙て略す
余は潤時園野萩集上梓に残らず挙て
披露におよぶとなむ

言も更なれど越の鷹がね忘貝はみやび詞の景物となり普く
世の人の知る処になんありけることに八重の湊岩瀬野の萩
聞伝へなるも顕然とせし拠ありこは中納言家持卿の
歌も今に残りて碑に彫めしはちかき世の事なり
将此勝地より能登山生地宮崎の松立もそこ〳〵に見渡し
春の日ののどやかなる頃は海市山市など立のぼりて
美景いと絶也けりされば常世に帰る雁がねも立山の
雪を名残として羽風を振ひ海上に俤を浸して
頗る詩歌連俳の腸を肥しわすれ貝は椎子の
翫びとなししら萩の浦は今むかしに物変りて
真帆かた帆の行来賑しく神通の大河は人家に
かこまれて処狭までさかえ栄る事になむ

しらはぎや鷹も
羽をのす岩の上　岩田君輔述

岩瀬春之部

藪入や舟場にちかき人形見世　仕候
口そゝぐながれもありて朝がすみ　珍重
奥山の寒さ凌ぎて遅ざくら　松鶴
三日月に暮たる松の朧かな　物外

○

喰止て馬は眠るに鳴かはず　筍堂
菜の花や山の平地は何の跡　字兆

早わらびや末摘のこす程もなし　楓斎
花に留主させて野山の華見かな　淇水
風にはや馴てなびくやさし柳　花夕
身も軽くこゝろもかるき柳かな　美山
駕とめて人に言すや梅無心　其祐
菜の花や隣さかひも有ながら　見遊
舟に焚烟りにゆれる柳かな　一双
高藪をわかちて咲や木蓮花　白杉

痩たみに吹て通るや春の風　佳月
華ざかり常より近き壱里かな　月松
霞まれて懸にみゆるからすかな　巨川
浦風は余ほどふけども梅の花　有喜
松かぜと水のしたしやおぼろ月　月湖
来るうちに籠の目を洩若なかな　久夫
ほろ酔の東風にむき〳〵戻りけり　夫老
七五三経た杉やをり〳〵かゝり凧　百芝

内はなぜ寒いぞ門はうめの花　如松
はつ夢やわすれがちにもよき噺し　慶里
若菜より重たくぬるゝ袂かな　二選

夏の部

卯の花や闇を動かす山をろし　斗百
草も樹も洗ふてすゞし俄雨　慶里
市中にひと市たちぬ初松魚　如松
草の葉の夜るは伸るか夏の月　蘭尓
塔なくば寺とは見へぬ茂りかな　稲葉
実ざくらや爰にもひとつ捨竈　百芝
見る度にかはるやけしの畠づら　一川
つま立てたぐる柳のほたるかな　月松
桐の花惜きにほひを藪の中　杜康
閑古鳥鳴やどちへも山幾重　里川
ほとゝぎすなくや木下のあだ寒し　枝印
吹ゆれて月のあやをる青田かな　可生

そつと戸を明て見にけりけしの花　久夫
さみだれや斯ふるものと思へども　見遊
竹植る日の仕合せや雨げしき　夫老
燕入ほど戸をあけて田植かな　花夕
髪見せに来た子も入や菖蒲風呂　宇兆
しらはまに鳥さへ見えず雲の峰　二選

秋の部

長き夜と覚へてかたき枕かな　如松
朝がほや清水流る丶垣のうち　呉由
照かえす紅葉や窓の二度明り　百芝
蜻蛉や松のしづくの落きらず　久夫
危気の無い空いろやわたり鳥　月松
月受て見直す萩の野原かな　見遊
夜雨した山のけしきやけさの秋　夫老
もの言ぬ人連にしてあきのくれ　華夕

美人の讃

朝夕の露を粧ふ芙蓉かな　慶里

むつまじう三夫婦過ぬ菊の宿　二選
早稲の香や注連引袖につい届く　百枝
杖だけに足らぬ樹にさへ秋の声　宇兆

冬の部

山鳩の声もこもるや冬木立　如峰
吹風もひと木にさびし枯野原　花夕
茶の花やどちから来ても道の端　宇兆
幾度ものぞく木の間や冬の梅　右幸
茶の花や村を見かけてくだり坂　奇杉
余の人の膳先さびしくすり喰　如松
除て居て柴うり通す紙衣かな　久夫
口切た日をわすれけり寒つばき　月松
放されて夢の心地の暖め鳥　見遊
けふも亦儲ものなり小六月　夫老
皃とかほむけて野馬の時雨けり　百芝
松風や爰も千鳥の聞どころ　慶里
冬の月額のうへに罷りけり　二選

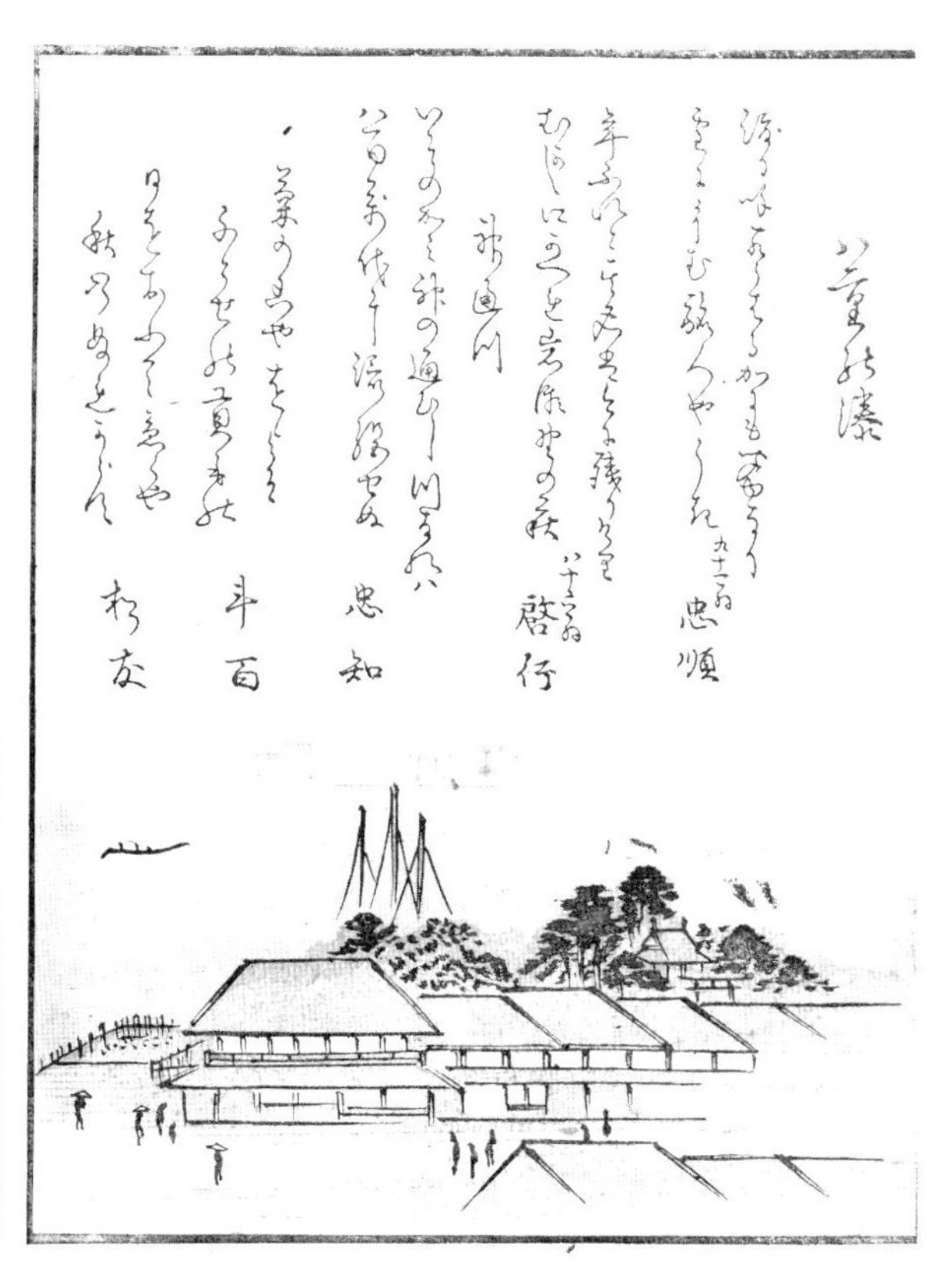

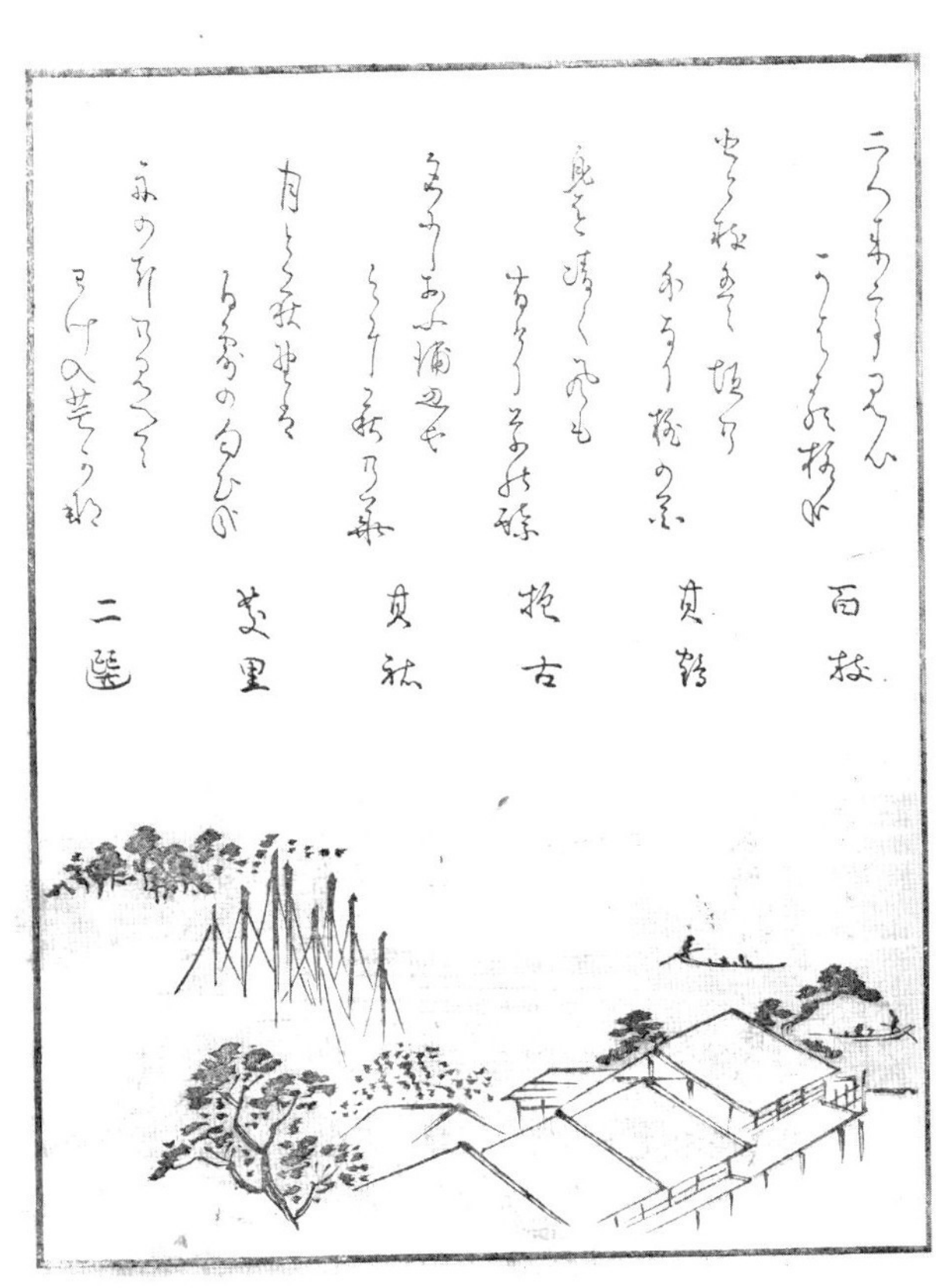

八重の湊

渡り呼声はるかにも聞ゆなり
雪に彳む旅人やうき　九十一翁 忠順

年ふれど其名は今に残りけり
むかしにかへれ岩瀬野の萩　八十二翁 啓行

神通川

いそのかみ神の通ひし川なれば
八百万代に流絶せぬ　忠知

菊の香やをよそ
千とせの貢もの　斗百

日をおふて急ぐや
秋のぬれがらす　松友

二人来て見心／かはる柳哉　百枝

ひと枝は垣の／外なり桃の花　其鶴

身を凌ぐ風も／有けり草の蝶　抱古

名にしおふ浦辺や／今に萩の華　其祐

月と萩野は／白露の匂ひ哉　慶里

舟の灯の見へて／わけ入芒かな　二選

古人の部

関守のとがめはあらじかゝり凧　渡鵲

伸足らぬ尾華もふくや后の月　几莚

岸白し松に霜おくけふの月　李仙

皃ばかり見て連になる月見かな　乙鴬

ひとり行道たのもしや雪の原　卜之

辞世

御佛事や手ばかり洗ふ炭叩　由之

朝がほの葉隠れゆかし昼の鐘　素江

あとになり先になる野や花すゝき　文溢

冬がれや舟頭町のにぎはしき　素来

有たけの声はるやうな蛙かな　奇杉

鳥ははや畑に遊ぶ余寒かな　有水

萩芒よき出どころの月見かな　舛英

風の戸をじつと押へて虫の声　五柳

あひ鳴のはるかに遠し閑古鳥　文之

唾吐て用事を聞や煤払ひ　米屋

菊の日といふたばかりや草の家　文水
室の戸を明て見たれば梅の花　吐雀
何鳥もとまり直すやおぼろ月　岸苔
煤掃やふるき夷子の置処　里北
としぐ〵の名に咲まして浦の萩　白烏
飛ついて穂に沈みけり稲雀　孤峰
立山の雪のひかりや雉子の声　三思
梅が香や深山颪に付て来る　湖風
明月や曇るかげなき海のうへ　畝十
しら浜やさはるものなきけふの月　烏選
夢かともうたがふ夜あり鹿の声　郡章
春の水ほそき筋より流れけり　鬼彦

○　追草

小雨してひと際眼だつ萩野哉　如石

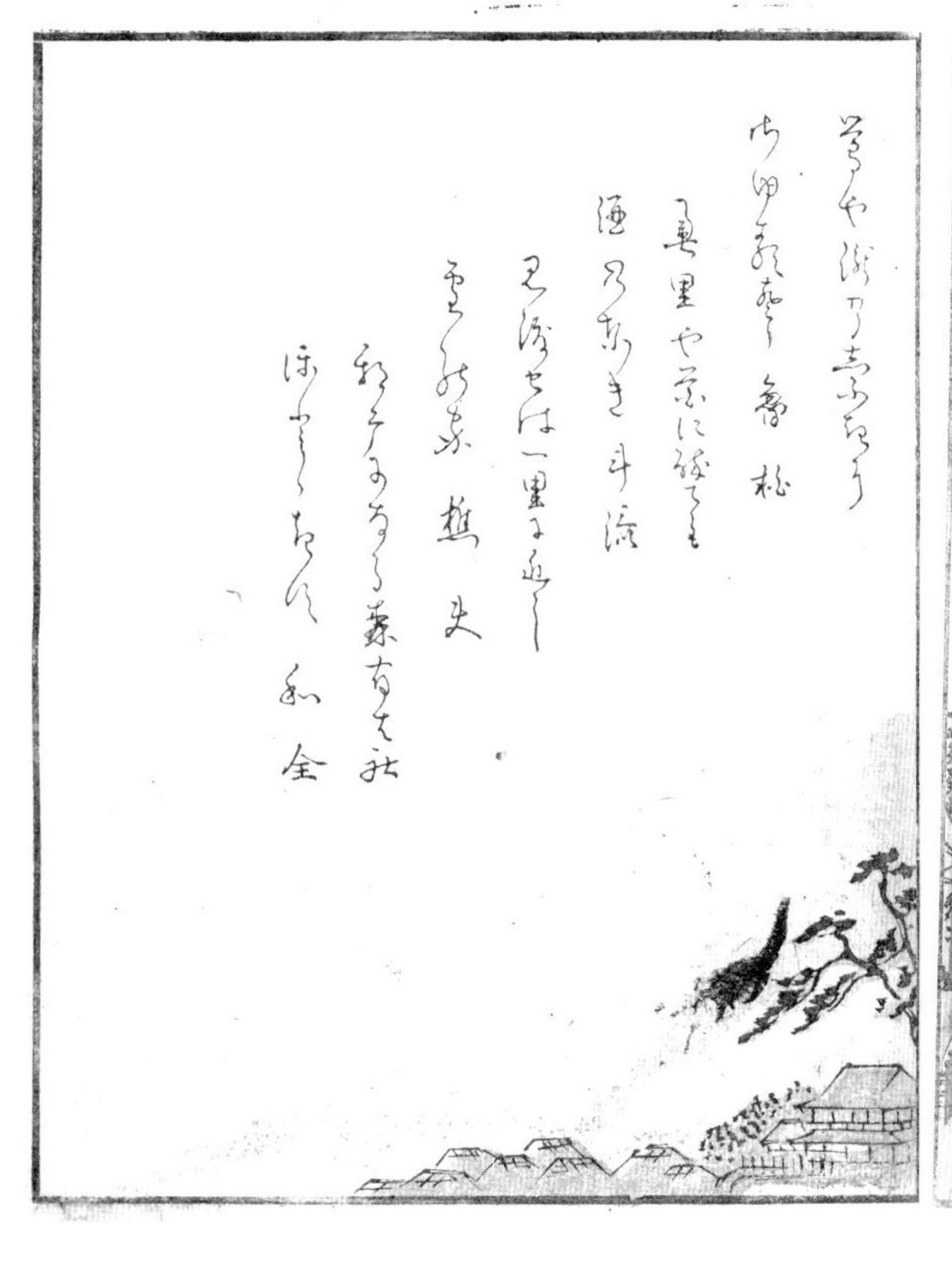

大岩山
日石寺
上市
社中

松斎図之

鶯や瀧のしぶきに
さゆる声　魯柏
奥里や花に酔ても
酒のなき　斗流
見渡せば一里に近し
雪の家　樵夫
邪魔になる森有ば社
ほとゝぎす　和全

朝がほの前に花もつ木かげかな　十二丁 竹芽

咲そめて夜の静さよ菊の花　ヒミ 柳月

散松もひと葉ふたはや秋の月　〃 湖雪

木の間から秋の雫のひかりけり　〃 其潮

稲舟の霧漕わけて布施の湖　〃 禾汀

夕やけを抱こむ里や打きぬた　イケタ丁 南渓

江にうつる松かげ細し后の月　〃 亭由

夕月に見ばやありその波の花　〃 雪汀

虫の音やゑり分て聞く籠の数　ヒミ 素極

萩さくや何処へぬけても戸なし門　北叟

舟曳の綱に逐るゝ螽かな　花渓

水渡る人のあとおふ蜻蛉かな　二峰

月澄や更てするどき塔の影　有岳

秋といふへだてや風の音にさへ　松月

旅うれし近江は湖の初あらし　月山

暁近うなるや粒立草の露　一瓢

頂に出てうや〳〵しけふの月　可楽

親友の悼に

我なげき西へ伝えよ月の鳫　顕亀

散まゐと思えど菊に夜の嵐　顕珠

けふまでも菊に隙なく暮にけり　可雄

露霜になる夜のはしや后の月　西畝

澄わたる空や水より初あらし　松東

八朔や稲の黄みに気のゆるむ　半山

窓の灯のよくさす枝や初紅葉　文圃

逐分のしほりにもなる案山子かな　茶邨

閉る外眼やすめはなしけふの月　五通

青空やあらしを道に渡り鳥　后川

あやなさぬ樹は無りけりけふの月　東周

芙蓉散る垣にたえなき夕日かな　六水

一羽居た鳥も立けり秋のくれ　放生ツ 秀彩

すだれ透影も匂ふや花かつみ　小スキ 静風

長き夜やとめる火にさへ気の配り　可邨

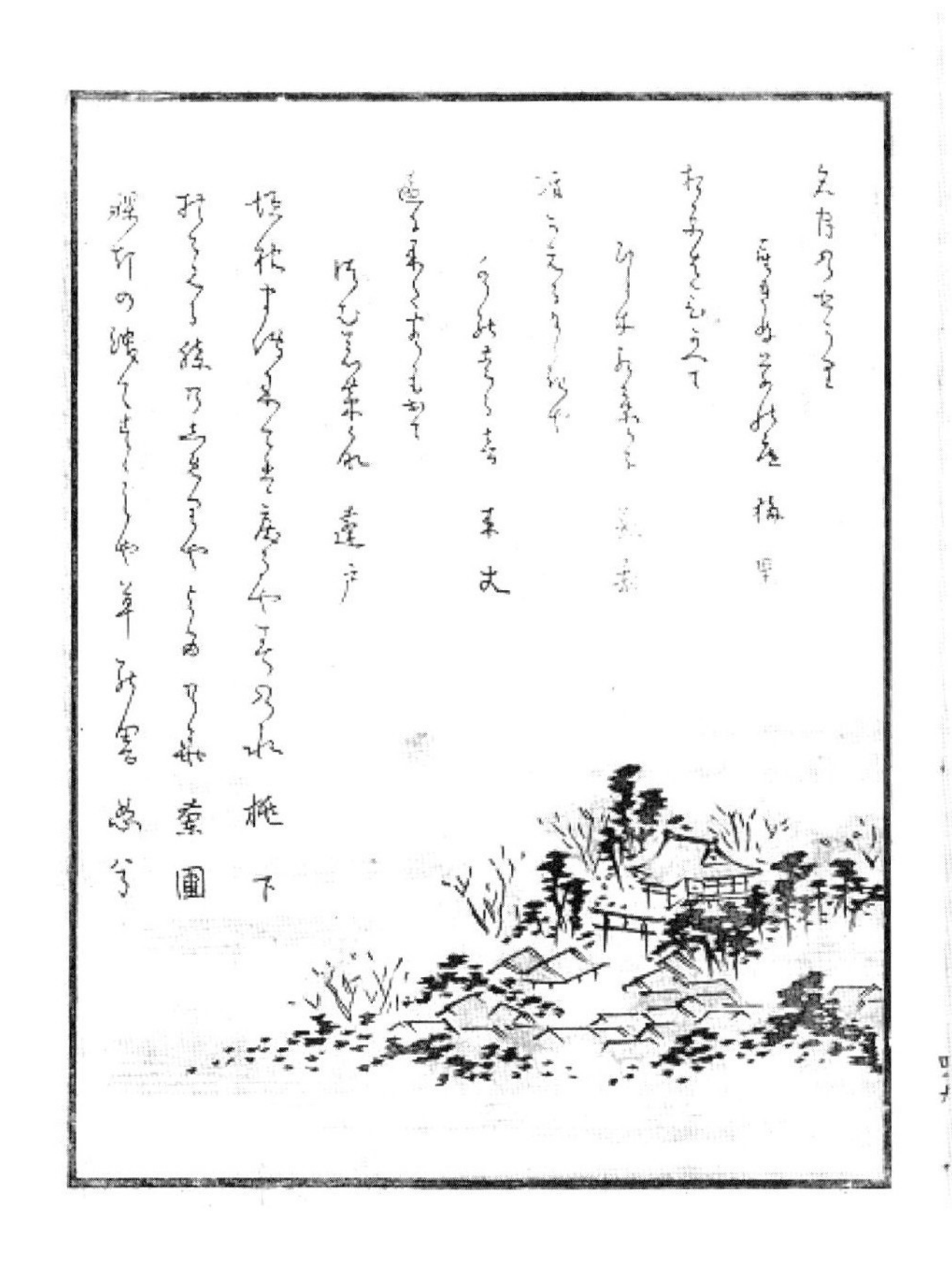

桜井庄　三日市 社中　梅里画

初雪の景色かるしや
松の蔦　完栽

畑打や顔もあはさず
うけ答　不及

岩端や木かげに成て
風薫る　故 文友

誂しみを手先に見せて
茶摘かな　素人

名月のひかり
　届きぬ草の庭　梅里

松原をひかへて
　ひと木紅葉かな　敬哉

冴かえるけしきや
　水の走る音　来丈

適に来た客も出て
　つむ若菜かな　蓬戸

垣根まで来ては戻るや春の水　桃下

撫て見る膝のしめりやよるの華　蘭圃

躶灯の洩てすゞしや草の闇　恕兮

よく見れば足に手のある相撲かな　放生ツ 千川
鳴ぬ日の脚あとさびし雨の鹿　羽席
沖見ゆる高みもあるや木の子狩　双水
朝晴や秋たつ庭のたまり水　禾城
かぜに身をまかせて怖ずかゝし哉　出来田 野笑
道はかもゆかで暮たる花野かな　上市 杉亭
母親のちから嬉しき碪かな　〃 梅石
蜻蛉や花ある草に眼もかけず　〃 雪谷

溝川に仮はしかけてをどりかな　三日市 完栽
ひと重とは見へぬ桔梗の莟かな　桃下
暁残る月のしたよりわたる雁　芳庭
色鳥や松さへ秋に成すまし　不及
野は露に押れて月の曇りかな　恕兮
飛虫もみな根に戻る薄かな　ナメリ川 釣月
凄い程奥の間深き燈籠哉　ウヲツ 魯堂
薄薮をてりつらぬいて唐がらし　〃 吾参

名月や山をかぎりに海白し　〃為隣
ひと年のひかりまとめてけふの月　トマリ居田
早う寝た家は子もなし盆の月　〃曽有
入相の鐘聞はづす華野かな　〃雲翁

越の泊の駅に杖を止て于蘭盆を迎えり
ひと日祖翁の碑前に詣して露を払ひ
草を敷てしばらくぬかづく

わせのかの先たのみあり草まくら　雲水立器
野のはしや月はすゝきに入様子　ワカクリ竹人
流れゆく水に果ありけふの月　イヒノ教伝
雲たちの眼あて違ふや稲すゞめ　〃三玉
何となく物たくさんな九月かな　小ニシ詠宗
しら露や置甲斐の有根なし草　朝芯
鬼灯や日毎来る子の憎まれず　太蕗
是にとは結ばぬ垣に虫の声　虚渕
吹空と見定て萩たばねけり　窺元
雲帯て見るにあやある紅葉哉　桃源

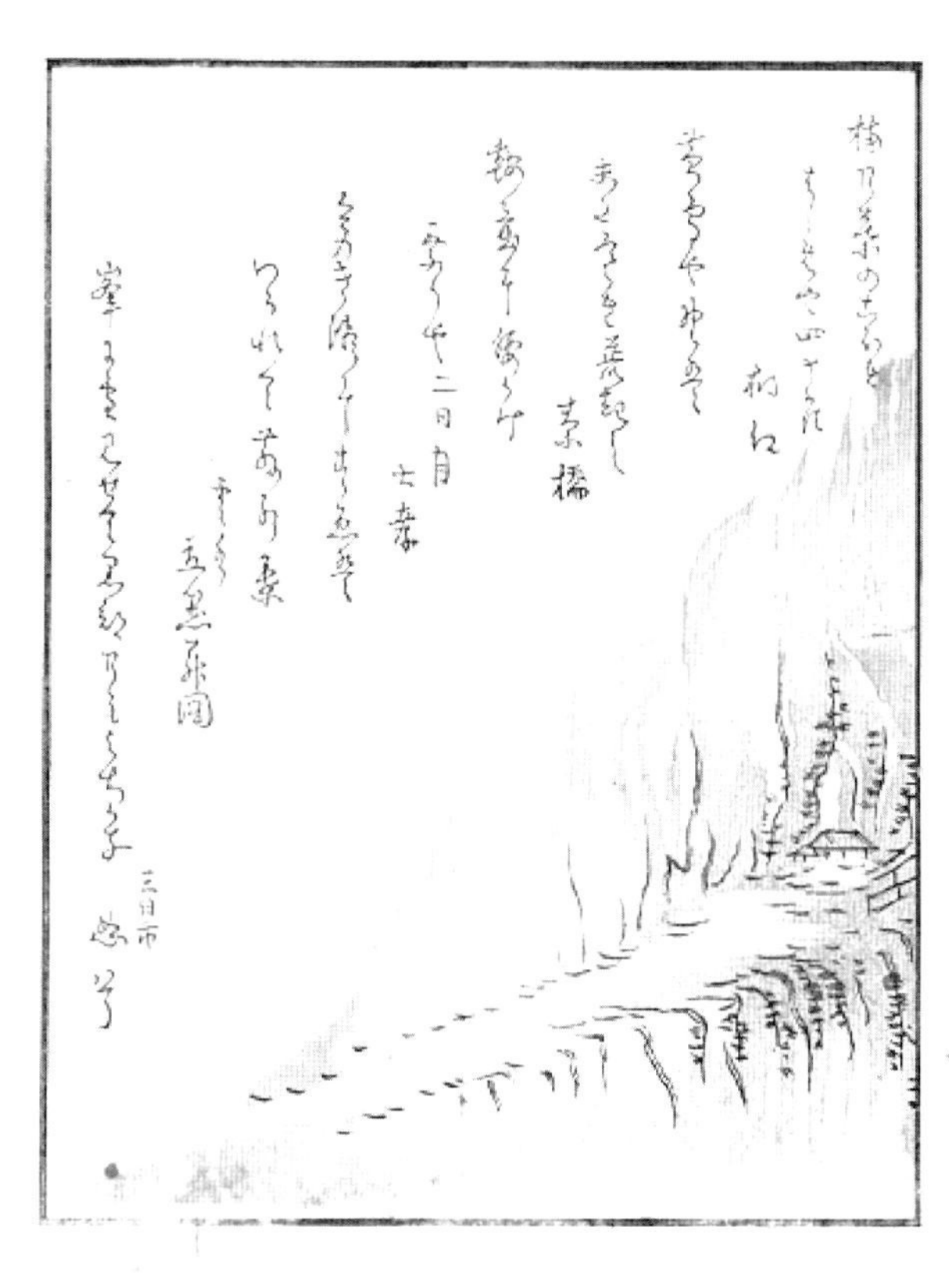

愛本の橋

泊社中

さし馴て霧の
中ゆく筏かな
水哉

橋ひとつはさみて
梅の月夜かな
踊窓

楠の葉のこぼれ
はじめや四十雀
桐江

黄鳥や野は
未だ寒き荒起し
素橋

鞍壷に腰かけ
乗りや二日月
士孝

高き瀬にするゐは
わかれて散紅葉
雲水　立器并図

峯に雪見せて黒部のもみぢかな　三日市 恕兮

手丈夫に松はみどりや秋の風　（中野）篁凉
広き野に袖の摺合ふ月見かな　（〃）一和
雲晴てたのむ留主なき月見かな　（高キシン）丈行
鳴鳴や芦に取付風のおと　（井ナミ）九皐
温泉烟りの樹丈を昇る月夜哉　如泉
朝皃や葉に濡色の有かぎり　春英
終夜鳴なり鹿の隠れどこ　守星
施行する家のくるりや今としわら　嬉十

萛火もいけた侭なり秋のくれ　霞条
樹のもとに独ものいふ月見かな　松涛
降り出した雨にも止ずきり〴〵す　北英
早ひらくやうな桔梗のつぼみかな　守吾
我隙を人に隠れて菊作り　静芳
月に灯を利す工夫や漁り舟　春涯
藤棚を突ぬけて咲紫苑かな　雄々斎
追つめた鳥うしなふや芒原　松屋

小川温泉
泊駅
社中

岩に打
瀬さき砕けて
秋の声
桐栽

風涼し椽に
投出す労れ脚　蘆邦

いろ〳〵の落葉
よりけり岸の杭　汶葉

秋たつや物覚よき
温泉のすさび　蘆郷

山眠るさとや
日毎の風の筋　巨扇

堂守のすがた
小寒き茂りかな　蘆江
并図

稲妻の一すじみこすや塀のうへ　フクノ 其年
松原も有て野やまのふしぎかな　〃希丁更 起誠
寝るほどの夜ものこさずや月の客　〃古人 伯芝
もの問へど答ぬ軒ぞむしの声　四方 三孝
木雫にすはらぬ影や池の月　ノト 稲波
谷の戸や空さへせまき秋のくれ　仝
初あきやつかふ扇の風かろし　ナカタ 越山
古道を教へ顔なる案山子かな　トヤマ 越山

冬の部

みなが着て会釈のいらぬ頭巾かな　炳文
寒声の通るまでなりぬかりみち　桐城
炭売りや家重代のあぶらづゝ　温然
夜と共に飛先しらむ霙かな　兎石
こ枯しや柱にあたる鐘の声　依山
暮いそぐだけが小春の不足かな　逸江

泊駅旧地の図　　龍山中浜栄写

泊社中

碧峰

秋風に
日南
がちなり
北の海

すゞしさの
限りは知れず
有磯海　雲翁

初虹や魚の
集まる水明り　寿栄

流来る水もたの
もし氷室の日　寛陽

篠高し二百十日も
月になる　桐栽

たばこのむ烟りの先や初時雨　竹陽

燻つた家や女房や寒つばき　梅山

川ひと瀬あからさまなり雪の原　義茅

手寄よき川の浅みや大根曳　光花

こがらしと力くらべやわたし守　克明

そのうへに亦新き落葉かな　松清

雪少し降や声はる森の鳥　花精

降雪を透せば見ゆる戸口かな　石香

輪に曲し蔓や蒲萄の冬がまえ　丈軒

戸を明てひと戻りする時雨かな　菊士

大池も狭しとさはぐ小鴨かな　如桂

ながれ行落ばのいろや大井川　長玉

憎いほど賢きふりやみそさゞゐ　吟水

常盤木の暖みをうけて帰花　可堂

神無月絶ずおとするしぐれには
もらぬ夜半さえ袖は濡ける　義章

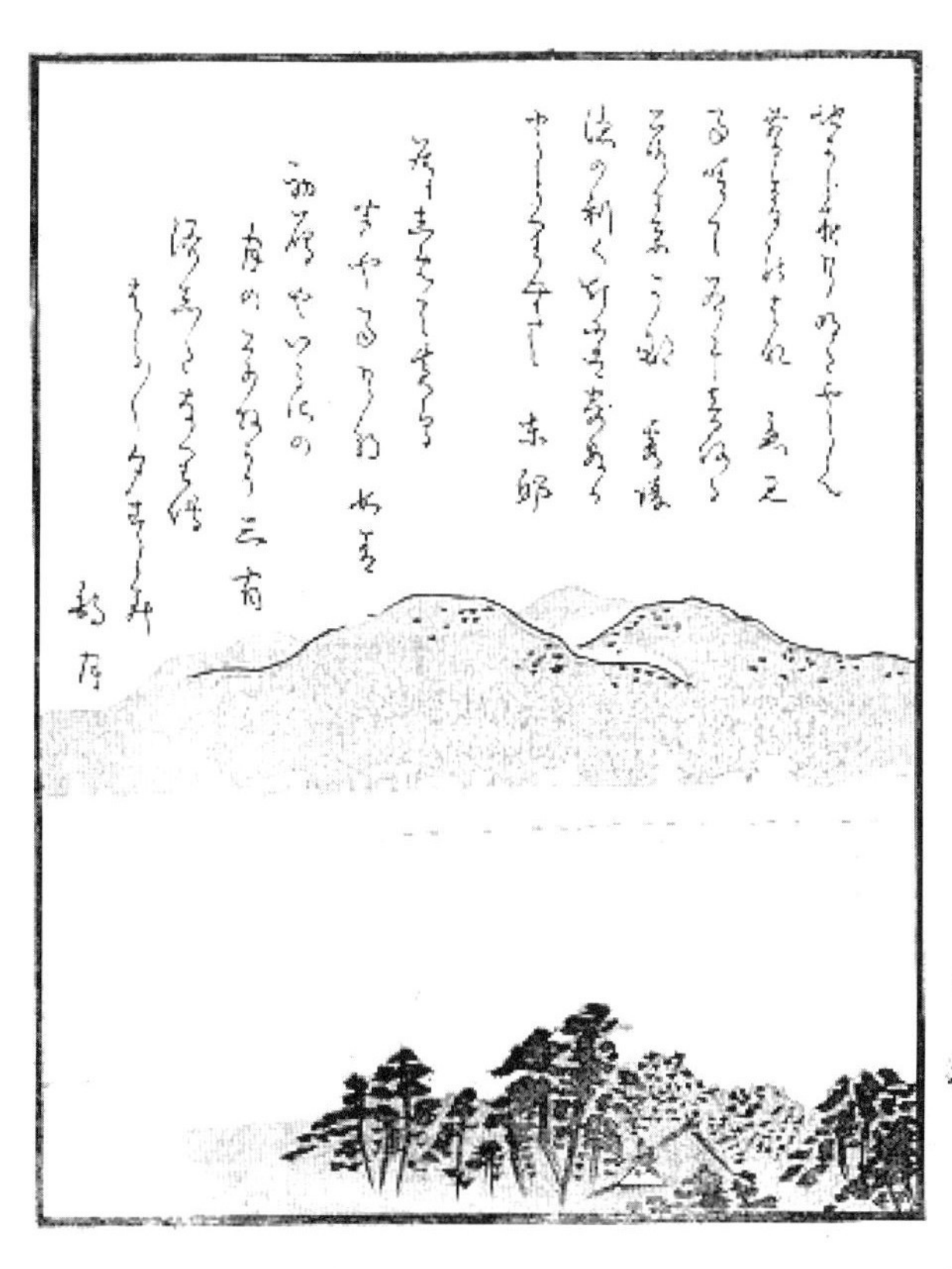

蜃気楼図　鴎波図之

滑川社中

白浜を表戸に／蜑が蚊やりかな　呉橋

梅が香や寒さの／退ぬ川岸の家　鴎波

酒樽のながれよる／日やうめひらく　六窓

合歓咲や瓢を／ひやす川の裾　梅井

梅さくやいよ〳〵／ひかる撫仏　翫象

地から夜の明たやう也／蕎麦のはな　魚見

雨晴て谷に音ある／落葉かな　霞凌

漁の利く灯には寄ぬか／火とりむし　東邱

居りしめて黄鳥／聞や雨の朝　如青

初鳫やいるさの／月の草あかり　三有

浴したなりで／はる〴〵夕すゞみ　釣月

菊の香ものこる小春の垣根かな　石丈
あざやかに木の間もれけり冬の月　湘山
待遠き籠のわたしや鷹の声　奇石
居残りし蝿の羽をのす小春かな　請吟
塵ひとつながれぬをしの間哉　可蓼
雪の竹に来てはぢかるゝ鳥かな　青林
雨おとを聞も尊し神むかえ　桂里
初冬や何ぞ降べき空の色　素桐

日の陰る裾から氷る山田かな　立涯
一羽鳴声に二羽とぶ千どり哉　素月
暮る野に残るものとて鴨の声　知新
嵯峨へ行近みちもなき寒さかな　支抱
曳舟を通してあとに浮寝鳥　子祐
枯てさへ露にしたしき葎かな　羅（ヒミ）雪
なり出し山のかげより鴨の声　其潮
水鳥や月いたゞきて明る声　禾月

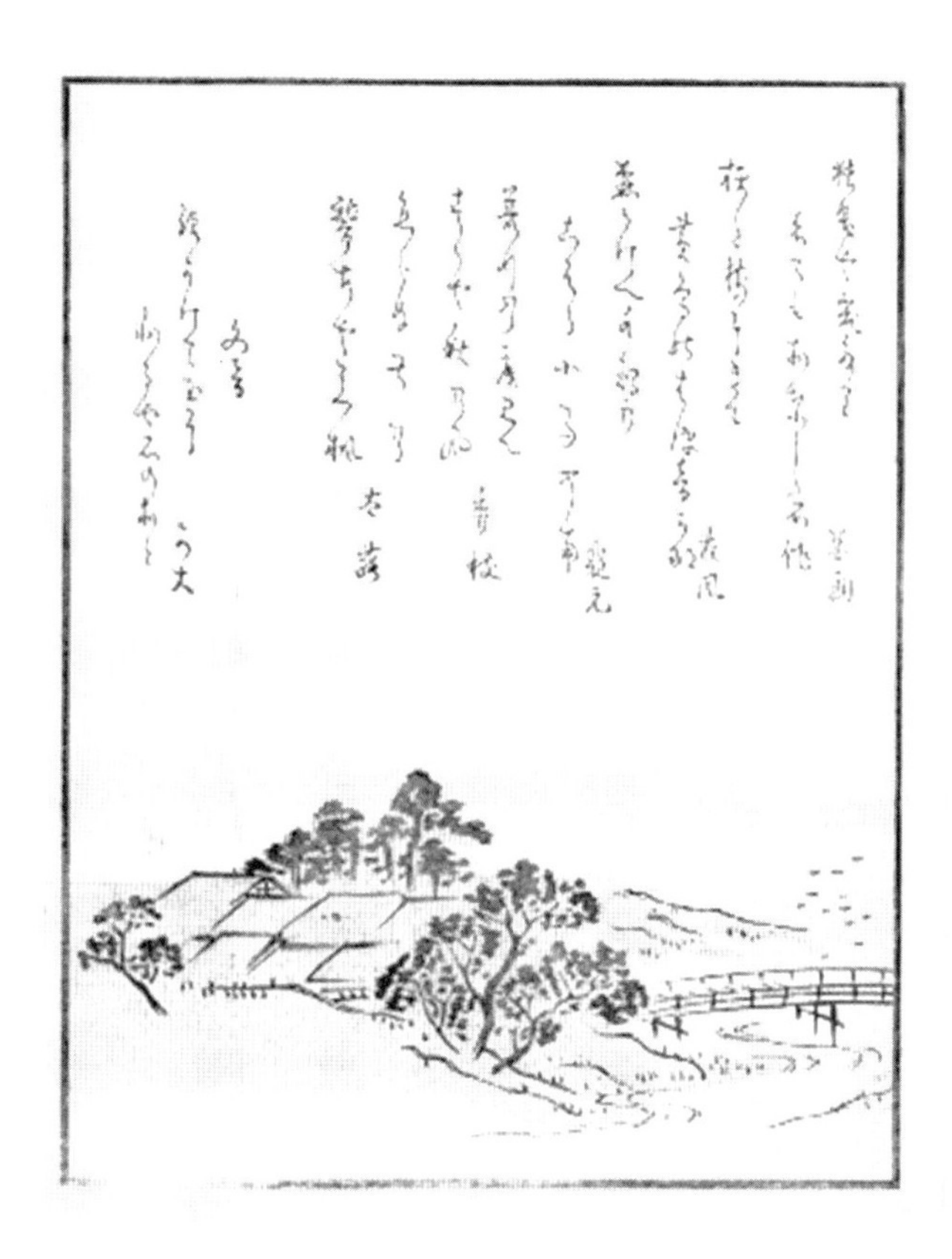

杉木河原の社

景川画

行水に添へて見／ながす華野哉　蓼牙

鶏頭の赤みも／うせず神送り　石轡

ひとり宛雪に／昏けり町外れ　虚渕

剪袖は濡す／覚悟やかきつばた　乙海

川風にもつれて／とぶや蝶つがひ　起水

猿曳や幾たり／来てもおなじ所作　花朗

朽た樹にきて／黄鳥のはつ音かな　春風

森かげへ水鶏の／こぞる小雨かな　窺元

荒川の底見へ／すくや秋の風　秀枝

怠らぬ弓の／稽古や若楓　太蕗

文音

浪かけて玉に／氷るや石のおど　可大

柴舟やしぐれ〳〵て嶋がくれ　昇席（イケタ丁）
誉られて知るや浅茅の帰花　北叟（吉久）
寒月や見るに嵩なき山の形　〃二峰
しぐるゝやはやきとまりのむら鳥　〃渓月
さし登る舟もたるむや群千鳥　松山（六トシ）
黄鳥も口きるさまや年わすれ　〃松毬
日の昇る空うれし気や暖め鳥　〃松月
こがらしや谺吹とる斧遣ひ　〃月山

ふかれ来る雲堆し神むかえ　一瓢
眼に立て旭にむれつ磯千鳥　可楽
野地蔵も菰着たまふや冬構　顕亀
子の告る庭の小隅のかへり花　雲窓
臘八やぬれねとすへる膳どころ　羽席
寝上戸の火種を絶す巨燵かな　西畆
吹まはす颪やはたして初あられ　可雄
さゞなみを衾にしてや浮寝鳥　松東

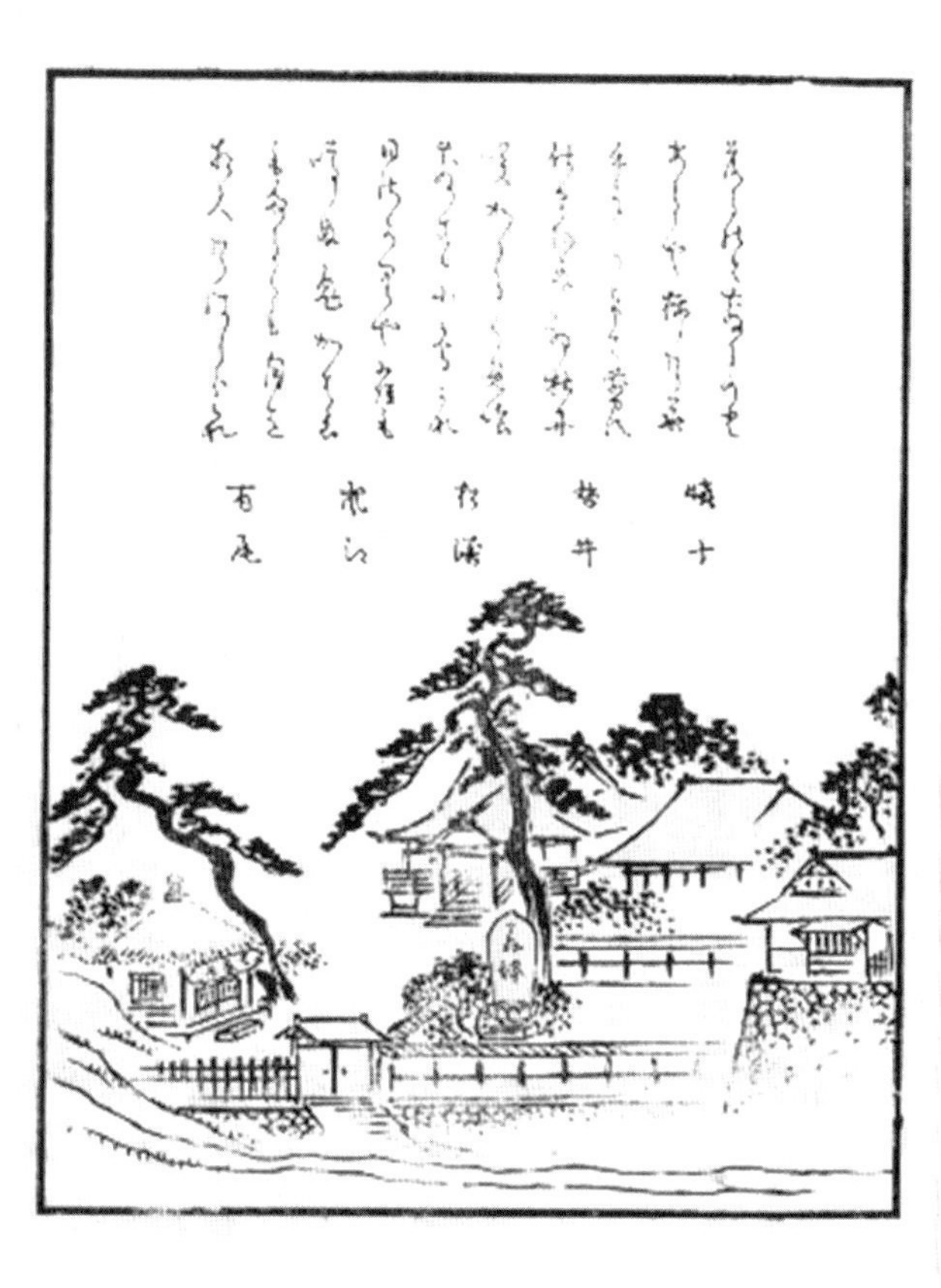

井波芭蕉堂　黒髪庵社中　文雄画

梅折て花や流をふたつ三ツ　陸平

草に日の光りも見へてひと時雨　北英

突き来る鐘も木深き紅葉哉　美杉

軒走る水も濁らず夏の月　汲可

七堂をひとり見／めぐる落葉かな　春英

月のさす庵と成／けり冬木立　霞条

飛込て古葉を／うかす蛙かな　如泉

落るのと散るのと／あるや柿の華　嬉十

手をかけて剪ず／仕まひぬ初牡丹　梧井

咲かゝるうめ喰／散す小鳥かな　松涛

日ざかりや雀も／鳴ぬ鬼がはら　嵐江

もたるゝも月を／相人のはしらかな　有尾

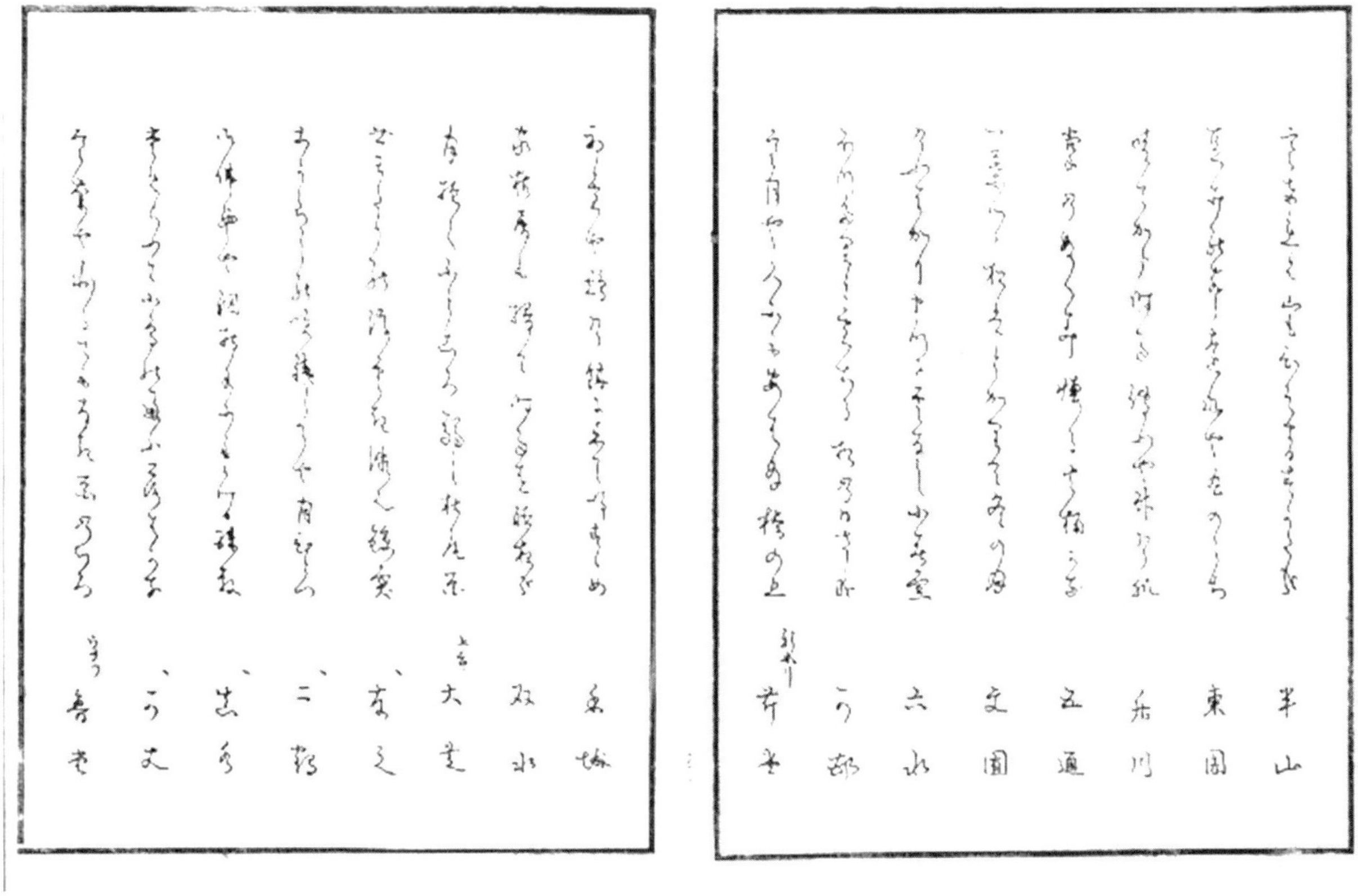

寒ければ山もひそまるすがた哉　半山
豆打の声遠近や丸のうち　東周
晴てから時雨伝ふや竹の肌　后川
掌のぬくみ懐る火桶かな　五通
一葉づゝ松はとがりて冬の月　文圃
けふばかりまつに雲なし小春空　六水
ほつたりと雪ちる松の日ざし哉　可郁
寒月や人にもあはぬ橋の上　（新ホリ）芹堂

初雪や鶏の餌に来て鳴すゞめ　禾城
家根屑も掃て時雨を聴夜哉　双水
月抱くふところ弱し枯尾花　（上市）大芝
世わたりの浮雲き瀬也鯨突　〃友之
こがらしの吹残してや月ひとつ　〃二鶴
御仏事や網持手にもかける数珠　〃真水
ためらふて小鳥の通ふ落ばかな　〃可丈
寒菊や氷るでもなき花のいろ　（ウヲツ）魯堂

砥波丘の麓泊鳥の森　　岡静芳図之

福野社中

追々に春めく
そらや二日月
卓良

梢までのぼり
尽して藤の花
松屋

風過て影を
きざむや竹の月
麦里

流矢のゆられて落る柳かな　雄々斎

打た火の終には花のともし哉　春　涯

二村へ谺落すや峰の雉子　静　芳

鳥の寝る透は有けり雪の竹　其　年

荒磯のおとやしぐれと入りかはり　鴎波
楼の手すりはらふて雪見かな　釣月
ひと樹でも松は時雨のたより哉　桃下
着なれねば暖みもしれぬ紙衣かな　完栽
見落しの口なし赤しけさの雪　不及
霜枯て芦にも流すあさの風　恕兮
小半丁さきの銀杏の落葉かな　蘆卿
埋火をほり起しつゝ長居かな　桐栽

寒月やそれとは知らず高鼾　雲翁
木がらしに逐立らるゝ野中かな　絵素
山川の落口しろし冬の月　竹人
行末はみな寂しくてかれ柳　教伝
大仏の鐘もこたえて霜柱　朝芯

蘭薫霜

杉木大人

河村田守

藤ばかま霜の薄衣かさねても
千草にこえて香やはかくるゝ

医王山麓八幡社境内

福光社中

いぶかしと聞くや／柳の窓ざはり　不玄
朝寒や森を／つらぬく鐘の声　波静
隠逸の名は有／ながら市の菊　派松
松風の遠音を／誘ふきぬたかな　松亭
華咲て遠山／近う見へにけり　半夢

雉子鳴や俄暮する裸山　川平
灯ちら〳〵見へてすゞしや竹の奥　梅里
雀まで野鳥になりし小春哉　古人 破筌
楪の譲り際たつ若葉かな　五丈

巻揚てしぐれの雲や風のたね　太蕗
継足した炭走るかとしさりけり　窺元
雪礫丸げし欲も無りけり　秀枝
雨垂の音に気のつく冬至かな　朴丈
行影は来るより早しみそさゞゐ　蓼牙
朝霜や鶏のふみをる草の蔓　中ノ玉光
貝売を鴉ののぞく枯野かな　如泉
春まつや童ごゝろに昏遠き　守星

鴨鳴や岩と岩との小くらがり　嬉十
人おとの上すみ行や除夜の鐘　九皐
遠隣呼声長きかれ野かな　美杉
手のとゞく程に撓みぬ雪の松　松涛
すべり跡見るも物うし大根引　守吾
雉子の尾に摺ても兀すけさの霜　有尾
賤が女の追洗濯も小春かな　麦里
撰折のならぬ不足や帰華　静芳

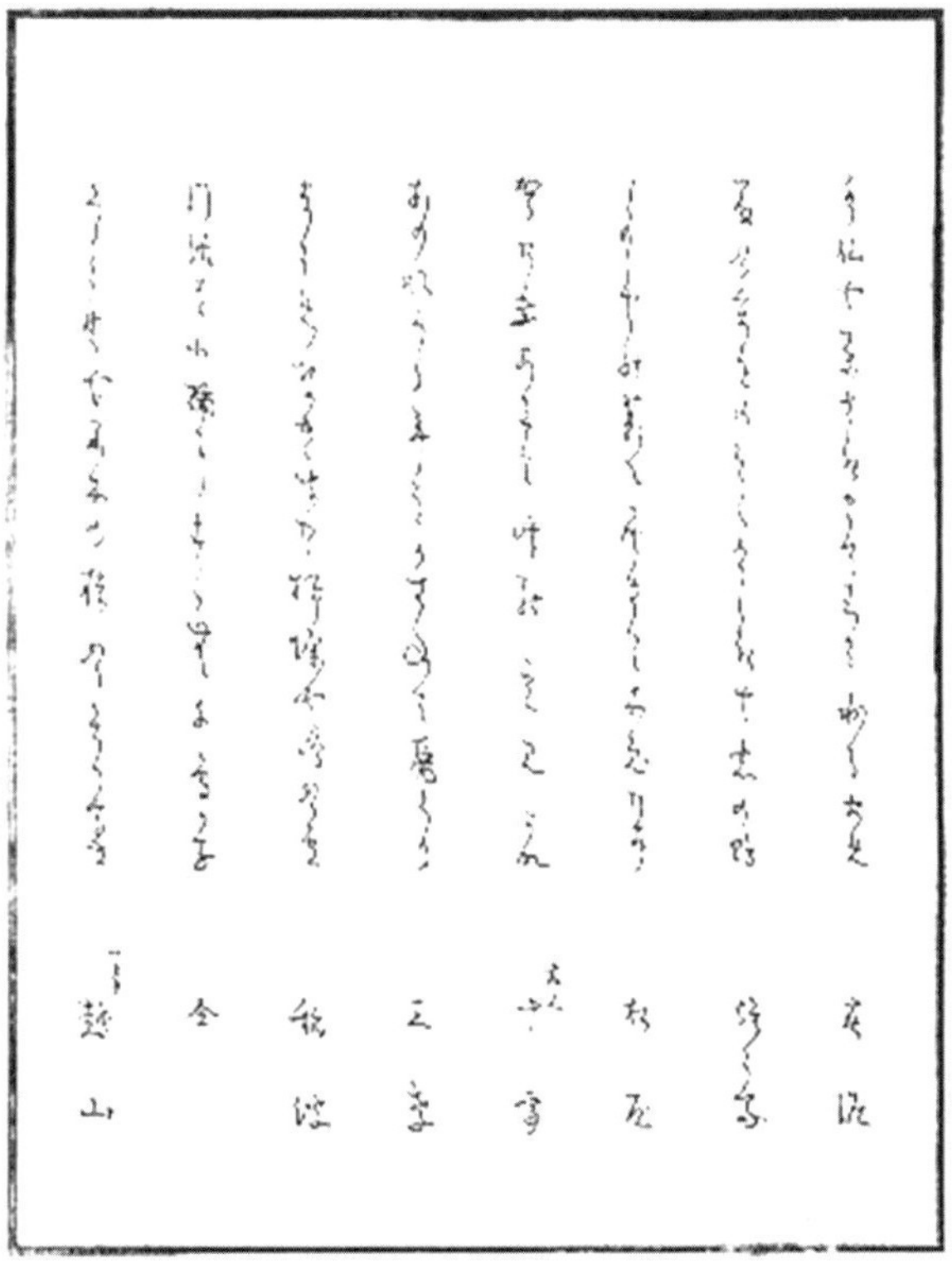

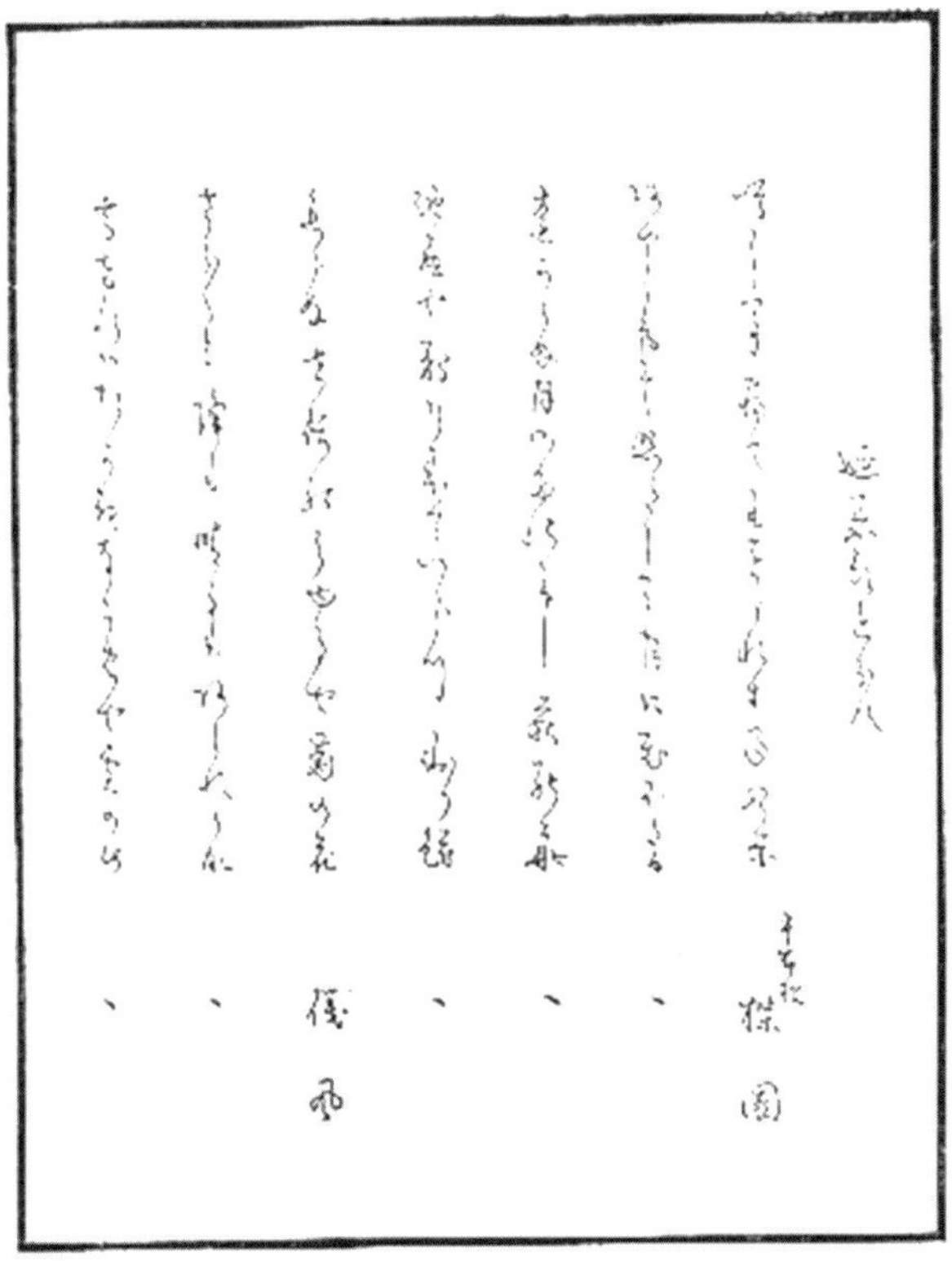

水仙や葉さきまで来て氷るあめ　春涯
藤の実をのぞくけしきや岩の鴨　雄々斎
ともし火の薮へ届きて木菟の声　松屋
駕の垂あけて峠の雪見かな　古人 十亭
おのれから年をかさねて暦くり　三孝
ながめなき波の掃除や嶋の雪　稲波
引浪を小桶にすゝむ千鳥かな　仝
くだら野や黒木の橋のそり高き　ナカタ 越山

延着部をなす

噂して寝てもをられず雨の花　貴布根 櫟園
あやし気に照らして月に飛ほたる　〃
遠からぬ月のたのもし萩の華　〃
池尻や鵜の来ていらつ氷り鮒　〃
怠らぬ世話のみゆるや菊の花　儀風
さら〳〵と降も晴るもあられかな　〃
高ければたかきながめや雪の山　〃

六壁庵夕皃塚　戸出社中　守美画

烟り吐窓さき
早し梅の花　如水

春の行空を
惜むか鳥の声　冝山

住森と見へて
雪にも帰る鷺　都山

元日や猶広
がりし四畳半　喜見

草の戸や散音も
して露深し　霞翠

草ばなれする時
くらし初ほたる　文康

浅茅生の灯を
見覚て鳴水鶏　柳屋

燈もひとつまた
夕顔の見えにけり
康工翁

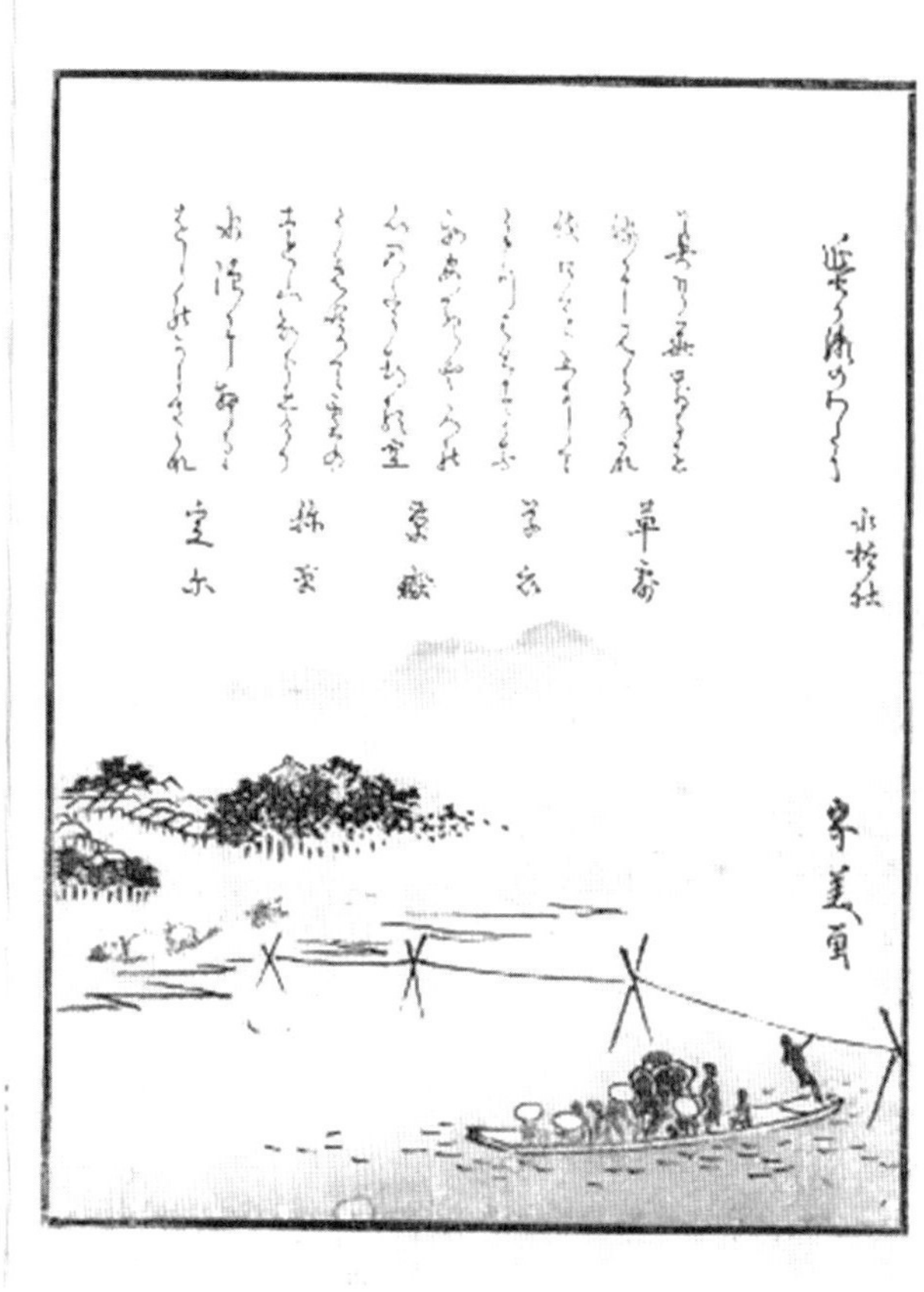

蜑が瀬のわたり　水橋社　守美画

奥の華散るを
流に見る日かな　草露

伐口を上にして
もつはちすかな　草衣

初あきや人の
心のうつる空　草嶽

うめ咲て雪の
遠山知られけり　称平

水浪に押るゝ
をしのかるさかな　定尓

新庄桃林舎連
黒川淮水図之

碑面

太刀山にふりおける
雪を常夏に
みれどもあかず
かんからならし
大伴家持卿

ワカ
あら玉の春のたち山の高峰より
霞そめたるそらの長閑さ　新庄 在之
東風吹や柳に櫛目梅に鞭　千舩
針ほどに雨は痩けり糸柳　方池
つく羽子や取は鞠場のわらひ声　とみ女
苗代や鷺のすみかの青畳　丹鳳
小娘の脛のふとさよもゝのはな　杜鵑
汲とればたゞの水なり杜若　波及
五月雨や雲に根のつく四方の山　富民

兼好の行方とはん閑古どり　太山
立山のひと風おろす氷室かな　五岳
月一輪秋はちいさき世界かな　雅来
梢から栗の礫や愛宕山　雅一
降雪も名は隠さじな大師講　弁山
日数ほど梅は咲けりとしの内　橘良

夜　涼　　奉儀

傾盆驟雨里中臺暑気全収夜景開
一味清涼半輪月庭松移影上簾来

従舟橋／臨立山

鳥の水潜るや／つばき落るたび　楮国

松ばかりまつと／見えけり遠桜　其竹

人ごみの中も／涼しや橋の上　曙凧

若鮎のつゞいて／のぼるはやせかな　松生

凧や見かけて遠き／常夜燈　越山

能く見れば流てあるや／春の水　勇斎

途絶なく人の通るや／春の月　鴉孝

雪の有山見て橋の／暑さかな　観泗

守美画

春の部

大岩山にて　　川南社

籠り人の眼はさめにけり雉子の声　月瓢
曇る日はとりわけ赤きつゝじかな　楮国
春雨や軒にひそまる鳩の声　観泗
鷹の巣に届てしろし藤の花　淇雪
菜の華や真昼にちかき影法師　其竹
孫彦も連て出て行茶摘かな　松生
来る人と戻りて二度の花見かな　曙鳳
踏て来た足の跡なし春の草　越山
男手もやさしう見ゆる茶つみかな　鴉孝
見かえりて泊りにするや門柳　月瓢
もの売の声あたらしき二日かな　〃

夏

押分る薄にくらき清水哉　其竹
折はづみして竹の子に転びけり　曙鳳
人の来てたしかにしたりほとゝぎす　楮国
旅人の足を休める田植かな　松生
郭公今宵は耳の置所　越山

聞はつりして猶まつやほとゝぎす　竹莚
峰つくる雲や別山浄土山　月瓢
時鳥鳴筋違ふやくろべ川　〃
華つくる工夫もいらず花御堂　観泗
一方は湖見はらして郭公　石瓜

秋

牛嶽山にて
深山路や誰が植すてゝ菊の花　観泗
水得手の谷間〳〵や稲の花　月瓢
吹風に戸口見せけり華すゝき　其竹
戸袋の下の花なり秋海棠　楮国

冬

舟橋にて
鮭取や舟ばたたゝく夜のおと　月瓢
煙らして寒くも見へず雪が家　観泗
木のは降中やさびしき鳶鴉　其竹
しぐるゝや算へ損なふ夜半の鐘　越山
霙ふる垣や結目のあたらしき　曙鳳
家ひとつみかけてはしる時雨かな　月瓢
水仙や間広ふしたる釣り柱　楮国

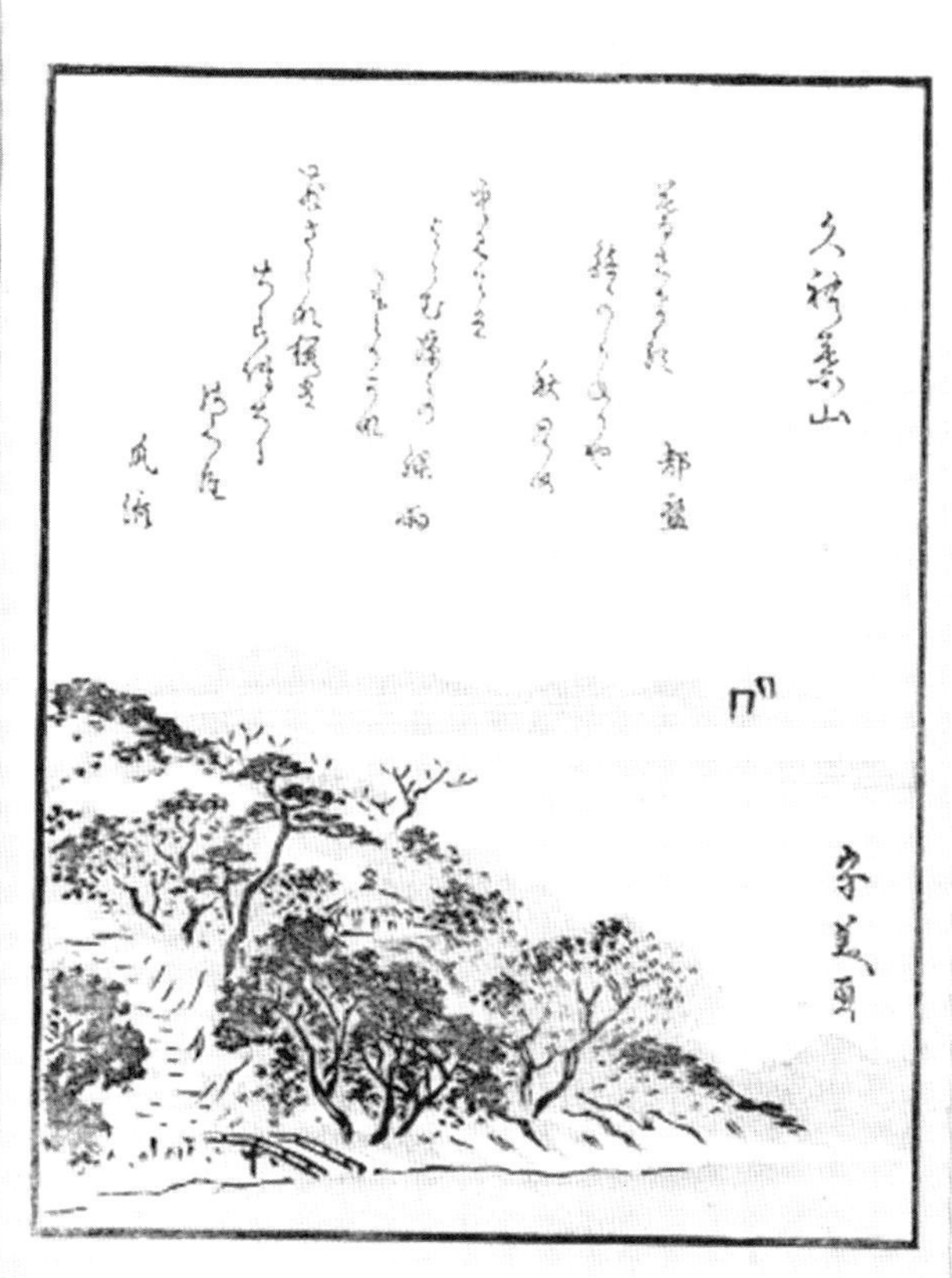

くれは山　　守美画

暮せまる／鐘のうねりや／秋の山　都盤

空見ては／よどむ涼みの／
もどりかな　緑雨

散さうな桜は／ちらでちる／さくら　瓜流

水音にひかれ
てはちる桜かな　五鳳

ほとゝぎす雲きれ
したる薮の月　儀風

雲雀聞く人と
見へけり笠の形　北丘

鳥は鳥人は人
呼ぶ茂りかな　楽只

四季

火を吹たまでのほこりや春の雨　都盤
夕かげの山ふところや閑古鳥　〃
汲水とひとつながれやかきつばた　孤芳
雲底に凧すはりけり夕げしき　雲峰
野の末に知らぬ寺あり高燈籠　〃
春かぜや鳶の影さす池の面　路白
古寺の垣根くゞるや雨の雉子　波松

村端やうら道すれば桃のはな　五鳳
夕風に根をすえかへて雲の峰　〃
長旅の子をまつ空や帰る雁　爪流
椽の塵払ふてはべる団扇かな　〃
もの読て居ればいよ〳〵日は永し　其静
あそぶにも遊やうあり花の山　〃
鴬や居間を出るにも鳩の杖　兎山
黄鳥の来た噺なり留主の内　可両

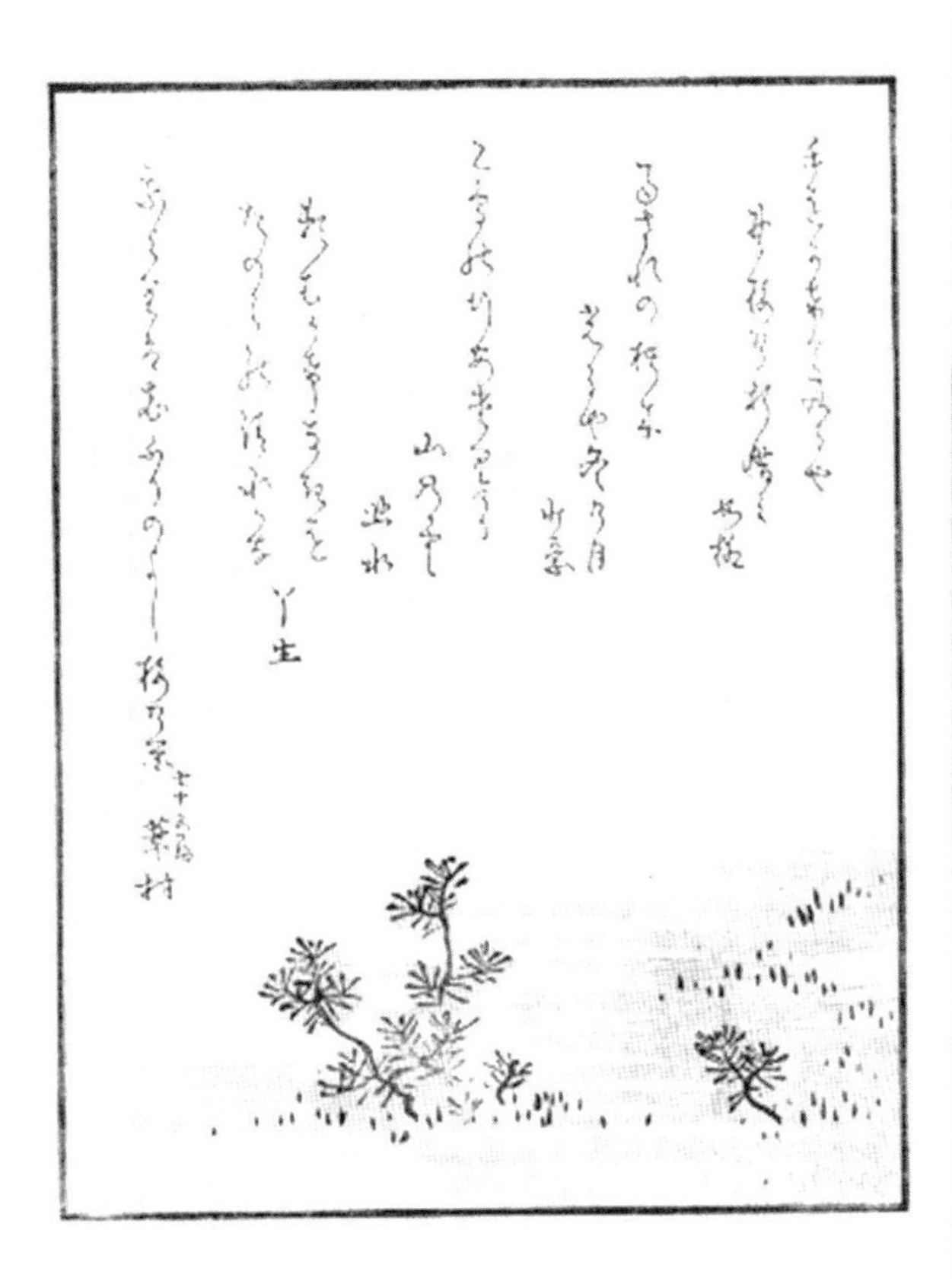

月岡の池　　　　　　守美画

親鳥の来て／ゆれすはる
　浮巣かな　　　　　　嵐布

名月や小嶋の／出来て
　舟通ひ　　　　　　　千入

蜩やたよる／家さえなき処　其静

手をかけて居るや／野梅の折惜み　如柳

雨されの朽木／光るや冬の月　水意

乙鳥の行あたりけり／山の雲　北水

頼むかげなきを／たのみの清水かな　了生

我よりは老ぶりのよし梅の花　七十五翁　葦村

人をまつすがたにみゆる団扇かな　其静
夕だちや人の姿を見てわらふ　〃
稲妻に我国雨のはしりけり　五鳳
木の間洩る日影も寒し枇杷の花　〃
着るものの薄き宿なり萩の声　爪流
舟の灯のひら〱とする千鳥哉　〃
名月や不自由かたる旅もどり　其静
朝がほや化粧仕廻て見る鏡　〃

十月や小道のつきしはたけ中　其静
近山をはなれてきくや雪の鹿　〃
預かつた菊や咲まで気扱ひ　彫工北渓
見心も旅の空なりかえる雁　〃北丘
うかと来て戻りの遠き涼み哉　〃
涼しさや人なき寺の有眼先　〃北幽
雀子や人におくせず飛習ひ　〃北明
梅ひと木持てひぢはる隣かな　〃北水

文音

巨燵から出て顔ぬらす柳かな　能州 亀声
淡雪に昼からくらき坐鋪かな　破夕
間の登口影を洩すや福寿草　東明
咲ぬ木も撫て親しむさくら哉　蘭岳
死ぬ気にいよ〳〵なりぬ蟈に月　逸雲
来たといふ声の細みやはつ乙鳥　窓石
こがらしに咄し取らる丶野道かな　里涯

今ひとりは谷のこだまや夜の碪　巴女
鴬や引声ながき谷こたえ　東窓
鳥のふむ枝の地につく柳かな　鶏元
ひとつ来て虎落に暮る胡蝶哉　鳳兮
うそ寒きあふぎの音や妙心寺　笑囮
招かれた日を幸やころもがへ　其玉
簑かけし柱の雨やかたつぶり　未済
卯の花にまぶる丶雨のすずめ哉　梅兄

蝶ふたつぬるや牡丹の裏表　生芳
けし散て風は柳にもどりけり　習之
しぶかれて瀧のうら越す蛍かな　潤松
入海や若ばにすける昼の月　竒晰
暮ぬうち萍のやみや鳴水鶏　玉朗
蓬莱やいつも置たき間のしまり　（高松）菜雪
雨の日や猶近う鳴閑古鳥　達女
行春のかたみや冬の竹箒　﨑山

畳まずに松原通る日がさかな　（ツハタ）里朝
手にかなふ所作の殖けり宿の春　卓丈
しら魚やすくなきを此市の曠　大夢
百歩来て未だ田にありぬ柳かげ　柳壷
湖は心にひろし鳴水鶏　悠平
遠ひゞきするや若葉に水の音　東菜
万歳の袖ひきのばすあらしかな　太甫
松にみる人影もはや子の日哉　林坡

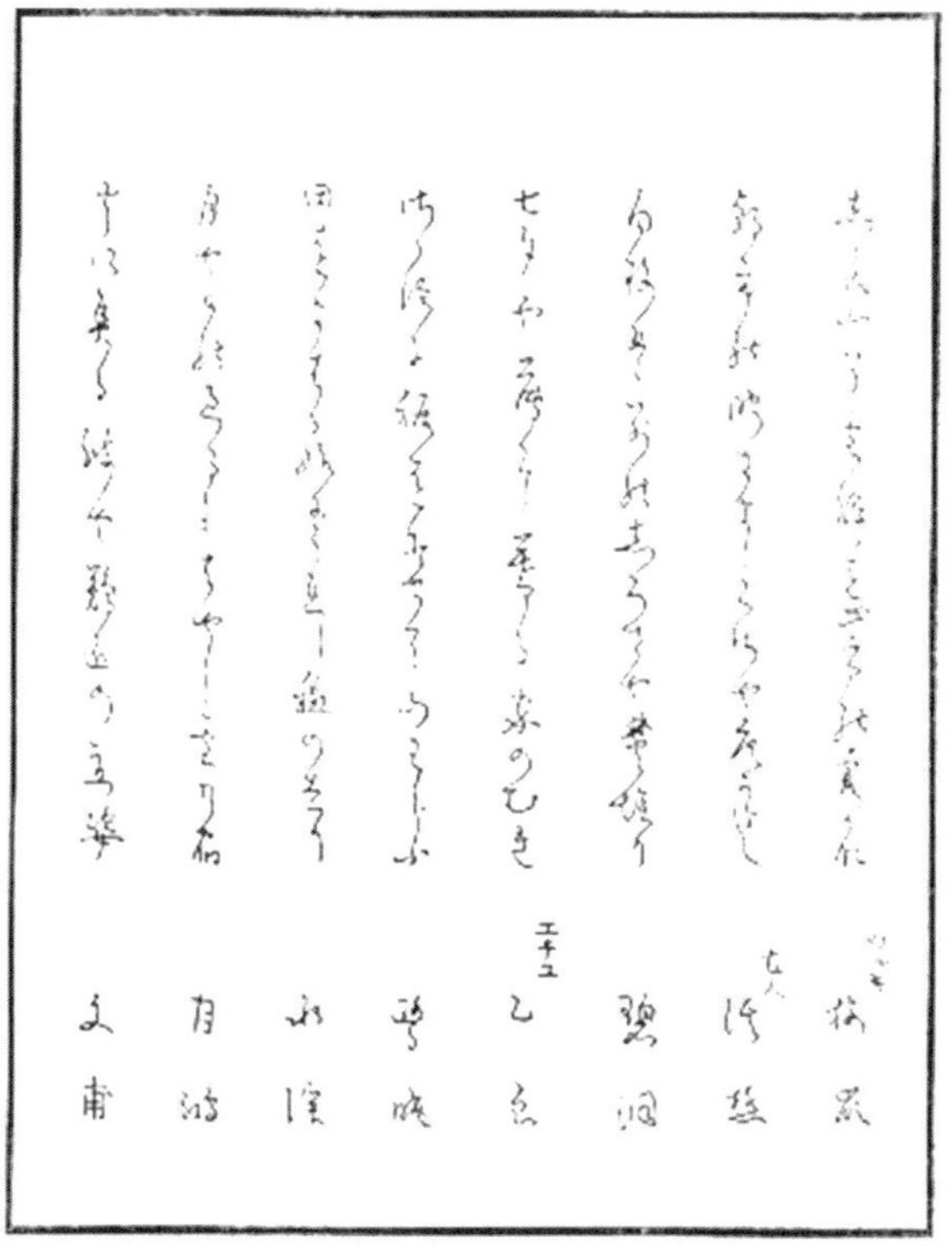

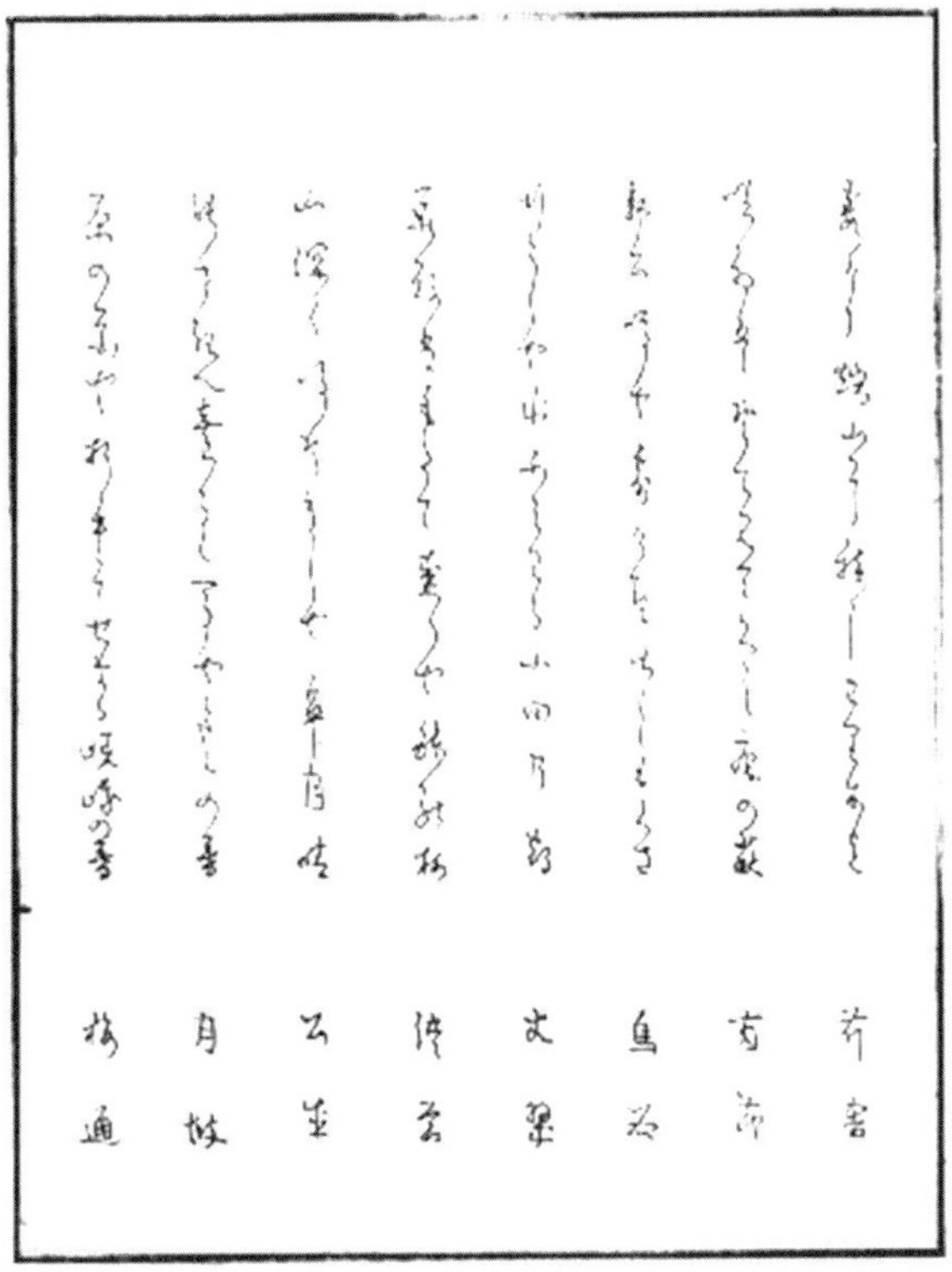

しら山の雪解を四方の霞かな　（ツルキ）梅嶺

朝市の眼ざましぐさや唐がらし　（古人）淇樵

白梅は別のしろさや焚埃り　碧洞

七夕や薄に暮る家のむき　（エチコ）乙良

さゞ浪に裾を打せて山わらふ　鷺眠

田をまはる始にうれし穂の走り　水渓

月や日の過るもはやし雪の宿　月鴻

火に炙る波や鵜匠の立姿　文甫

霞けり端山に積しわり木迄　芹舎

咲初は野で見て久し庵の萩　有節

郭公鳴や露けきさしもぐさ　鳥谷

行としや氷ふみわる小田の鶴　丈翠

華数はもたで盛りや鉢の梅　語節

山深く鳴行雉や皐月晴　公成

能さきへ売る丶馬やとしの暮　月坡

茶の花や折手にせまる嵯峨の暮　梅通

老たりと知らでよくなる柚みそ哉　昇左
柴橋に箒も当て若楓　素屋
覗くほど明る障子や梅の花　松隣
下刈の手後れを咲木槿かな　砺山
麦の穂や夜明みぬ日は気の重き　而后
先たのし月の出初る森の中　松良
陽炎のゆら〳〵するや庵のうち　月底
樹の股に鶏の垂尾や雲の峰　為山

若楓ひる寝のまくらすゝめけり　祖郷
ある中に夏げしき也松魚ぶね　西馬
売に来た柴に證拠や初時雨　等栽
すき腹を楽にする蓮見かな　梅笠
きり〳〵すかくても秋を尽すかな　由誓
冬の日や鷲の見をろす岨の松　（西国）双鳥
ほとゝぎす勝れて空の青い朝　斗丈
花ざかり人は鳥よりかしましき　悠々

華の香の身に添ふ寝ざめ〳〵かな　鴬居（イヨ）
旅馴ぬ袷を来たり山おろし　黙翁
生るゝも有てあはれや秋の蝉　可等
朝がほや白いばかりもちからなき　杉谷
紅梅やよしありげなる家づくり　菊圃
声すがた騒がしからず初がらす　遊（レキ）波同
何見るとなしに暮をし春の海　風阿
鶏の声にもたつや稲すゞめ　桂陰

香をしぼる思ひやうめに雪雫　以足
行違ふ身にあらしもつすまふかな　丈雲
さみだれや何処をかぎりの有磯海　桃五
いざ起んことに都のはつがらす　蒼山

○

まばゆさにみな居りけり花御堂　僧 卓儷
さみだれや灯さへともせば夜の音　故 楚外
　戸明れば霜のあしたと成にけり
月のさゆるとばかり見し夜を　仝

富山に春を迎へて
舟はしや行来ふ人に去年ことし
有磯海眺望
辛しまやゆふべすゞしき鷺の雪
大岩山に詣て
かつ散りて瀧を彩る紅葉かな
黒部四十八瀬に日暮て
水際の雪ににじむやいろは川
右四時　麦仙城 烏岬

山に出るを玉といひ水にいづるを
珠と云ふ今やたまひろひ集
なれり其玉のたまなることは
初にのべて明らかなるべし
されば序を閲て集者の
巧をはかり跋を見て集者の

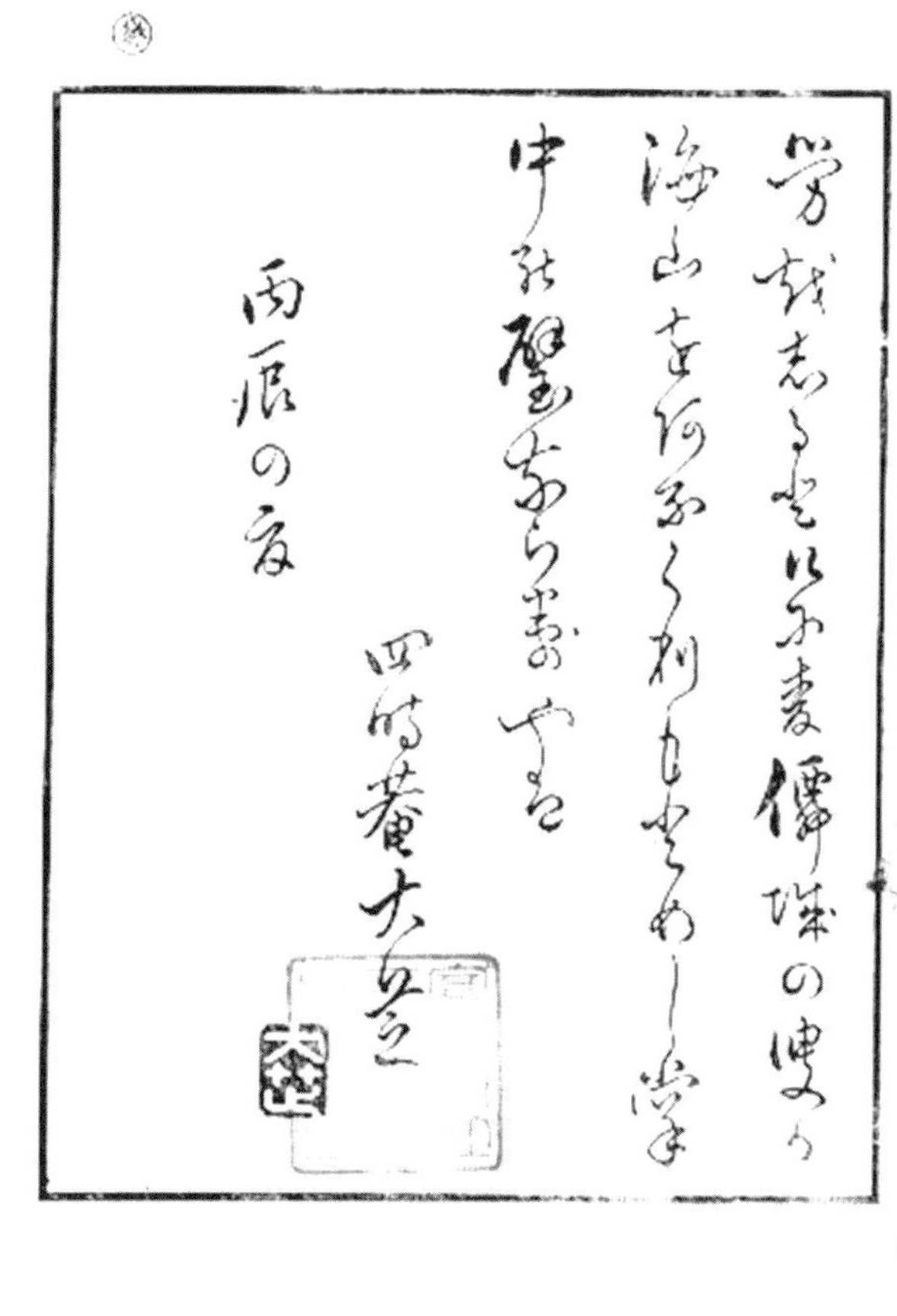

労をしるとげに麦僻城の叟が
海山をあなぐりもとめし掌
中の璧ならずやは
四時庵大芝
大芝
丙辰の夏

画工　応真斎守美　美守
墨林舎先主門人
越中富山砂町
摺彫刀師
荻田藤兵衛
同　弥三郎
同　幸七
同　熊次郎
補助
文会堂
徳兵衛

翻刻『俳諧多磨比路飛』出版にあたって

太田久夫

麦仙城烏岬の編んだ『俳諧多磨比路飛』は、県内外をとわず、所蔵する図書館など少ない貴重な資料である。それ故、富山県郷土史会は、富山県立図書館・富山市郷土博物館所蔵の本書を許可を得て機関誌「郷土の文化」の三十八輯から四十一輯に連載して紹介した。

富山県立図書館編刊『富山県郷土資料総合目録』（昭和三十七年）に、本書に紹介されている三十一ヶ所の名所を記してある。自治体史・地域史では、『高岡史料』（高岡市　明治四十二年）に、「多磨比路飛」の数句として、桜馬場四句・関野の社三句・椿山古城四句が紹介されている。戦後の自治体史・地域史を編むさいに、資料収集にあたって、『富山県郷土資料総合目録』を調べなかったのであろう。自治体史・地域史で、本書に言及してあるものは少ないが、これらの他にも本書を取り上げた資料があるので順次紹介する。

新湊高校文芸クラブ編刊『新湊俳壇史』（昭和三十五年）は、六渡寺社中・六渡寺浦社中・志那の浜というように、一番たくさん翻刻してある。飛見丈繁編『越中俳壇小史』（自刊　昭和三十八年）に、『高岡史料』と同じ句と烏岬の句二句を紹介している。『黒部市誌』（黒部市　昭和三十九年）は、「玉ひろい」に「桜井の庄があり、数多の俳人が名をつらねている。」と記してある。『井波町史』（井波町　昭和四十五年）上巻に、「玉ひろひ」についての簡単な解説を付し、「井波の絵図は井波芭蕉堂を画き、黒髪庵社中二十人ばかりの発句数十句があげられている。陸平・北英・美杉・汲可の四人が先輩格のようである。と記して、九人の俳人の句が一句ずつ載っている。下巻には「俳書に撰句された井波町俳人」の項があり、『多磨比路飛』に載った十七人の俳人の名が記してある。野村藤作編『越中俳諧総覧』（砺波地方史研究会　昭和四十七年）は、越中の俳人の載っている俳書三二五点の俳書を調べ、各俳書ごとの作者の居住地別俳人一覧である。『多磨比路飛』の場合は、画のあるところも、俳句だけのところも、俳人は全て記してあるようである。『福野俳諧史』は、斎藤五郎平の労作で、『中越郷土叢書　第二十三集』（砺波図書館協会　昭和四十八年）として発行された。二十五句が翻刻してある。和田徳一著『越中俳諧史』（桜楓社　昭和五十六年）は、先生の没後、教え子らの努力によって出版された。「文政三年の『多磨比路飛』と『画讃百類集』」の項があり、同書中の俳句や和歌をとりあげて解説してある。『滑川市史　通史編』（滑川市　昭和六十年）は、「越中名所三十一ヶ所を選んで、色刷版画を掲げこれを詠じた俳諧を載せた俳諧集と解説し、蜃気楼図　滑川社中として、呉橋と鴎波の句が翻刻してある。」『氷見の万葉と郷土文学』（氷見市教育委員会　昭和六十三年）は、本書の解説と『越中俳諧史』をもとに四句翻刻してある。『富山県文学事典』（桂書房　平成四年）は、蔵巨水が『越中俳諧史』を参考に解説している。蔵巨水『越中俳諧年譜史』は、本書の解説と名所地名・所載俳人名を記している。しかし、画のあるところの俳人は記してあるが、俳句だけの俳人名は記してないようである。『小杉町史　通史編』（小杉町　平成九年）には、「小杉駅南蓑輪山桃谿図」と「倉垣庄歌の森」を写真版で載せ、俳人名も記してある。

これらの資料で、俳句や俳人の名に誤植と思われるものがあった。「郷土の文化」に連載したときは、本書のあることを公表することを目的としたので、若干の誤植があったかもしれない。一冊にまとめて出版するにあたり、完全を期したいと思い、古文書解読に堪能で、俳句をたしなむ高岡市在住の高嶋幸子氏に、年末年始の忙しい時期に「郷土の文化」三十八輯から四十一輯まで点検していただいた。一月下旬に返送されたので、私はこれをコピーし、綿抜豊昭教授・大西紀夫教授、そして俳諧研究家の藤縄慶昭氏に送って点検していただいた。二月上旬に返送して下さったので、私の方で調整し、また、目次を付す作業を行って三月中旬に桂書房へ渡した。桂書房では富山県立図書館・富山市郷土博物館へ出版許可願を提出したり、出版社と交渉したりしていただいた。

ようやく出版できるようになったが、綿抜教授が序文で述べられたように、各地の生涯学習の場で活用していただければよいと思う。この他、当時の観光地なので、観光PR用にも利用できるのではないかと思う。各地で活用方法を検討していただければ幸いである。

本書出版にあたって、許可していただいた富山県立図書館・富山市郷土博物館にお礼を申し上げるとともに、高嶋氏・綿抜教授・大西教授・藤縄氏にも感謝申し上げる次第である。また、出版を引受けていただいた勝山敏一氏にもお礼を申し上げたい。

付記

乾は五十五頁雪汀までで、坤は素極からである。

『俳諧多磨比路飛』影印・翻刻

定価一六〇〇円＋税

令和二年九月十日発行

編者　麦仙城烏岬

解読　大西　紀夫

〃　綿抜　豊昭

発行　桂書房

〒930-0103　富山市北代三六八三-一一

ＴＥＬ　（〇七六）四三四-四六〇〇

印刷　北日本印刷株式会社